21세기 전래 동화 서스펜스!

―― 제2편 ――

21세기 전래 동화 서스펜스! 제2편
청소년을 위한 동화책

개정판 1쇄 발행 2025년 1월 20일

지은이 윤효재
펴낸이 장길수
펴낸곳 지식과감성#
출판등록 제2012-000081호

교정 주경민
디자인 윤혜성
편집 윤혜성
검수 이주희, 윤혜성
마케팅 김윤길, 정은혜

주소 서울시 금천구 벚꽃로298 대륭포스트타워6차 1212호
전화 070-4651-3730~4
팩스 070-4325-7006
이메일 ksbookup@naver.com
홈페이지 www.knsbookup.com

ISBN 979-11-392-1805-3(세트)
ISBN 979-11-392-2357-6(04810)
값 16,800원

• 이 책의 판권은 지은이에게 있습니다.
• 이 책 내용의 전부 또는 일부를 재사용하려면 반드시 지은이의 서면 동의를 받아야 합니다.
• 잘못된 책은 구입하신 곳에서 바꾸어 드립니다.

지식과감성#
홈페이지 바로가기

청소년을 위한 동화책

21세기 전래 동화 서스펜스!

제2편

윤효재 지음

시대에 맞게 재탄생한 전래 동화 5편
금도끼 은도끼 / 콩쥐팥쥐 / 해님 달님이 된 오누이 / 도깨비감투 / 자린고비 영감

차례

제1장 **21세기 금도끼 은도끼** · *7*

제2장 **21세기 콩쥐팥쥐** · *33*

제3장 **21세기 해님 달님이 된 오누이** · *55*

제4장 **21세기 도깨비감투** · *83*

제5장 **21세기 자린고비 영감** · *151*

제1장

21세기 금도끼 은도끼

1

산골 마을에 꽁지머리 나무꾼이 살았다. 그는 산속에 작은 오두막 집을 짓고 살았다.

쩍!

쩍!

도끼로 나무를 팰 때마다 옷걸이처럼 딱 벌어진 어깨가 꿈틀거렸다. 이마에 흐르는 땀은 다이소 천 원짜리 헤어밴드에 스며들어 젖었다.

요즘은 살아 있는 나무를 건드리면 벌금형이다. 그래서 주로 썩은 나무에 도끼질을 해서 땔감으로 사용했다.

그에게 도끼질이란 나무를 패는 일만이 아니다. 높은 나무 위에 열매나 버섯이 열려 있으면 도끼를 던져서 땄다. 도끼로 약초도 캤으며 산짐승도 잡았다. 그에게 도끼는 나름 최첨단 만능 도구였다.

그날은 산에 약초가 많았다. 친구들을 데리고 흩어져서 약초를 캤다.

쿵! 쿵!

꽁지머리가 약초를 캐는데 어디서 흥미로운 소리가 났다. 약초 향기를 맡은 멧돼지였다. 멧돼지는 꽁지머리와 약초를 보더니 삐죽 나온 코를 들어 콧구멍을 벌렁거렸다.
쿠렁! 쿠렁!
축농증 걸린 것처럼 콧구멍으로 허연 김을 뱉어 냈다. 코 양옆에 상아처럼 생긴 뿔도 나무꾼을 향했다.
꽁지머리는 당황하기는커녕 미소를 지으며 도낏자루를 양손으로 서서히 잡았다.
바람이 살랑 불었다. 앞이마에 삐져나온 머리카락과 뒤 꽁지머리가 살짝 흔들렸다. 스나이퍼처럼 바람의 방향과 세기까지 계산했다.
멧돼지는 뒷발로 흙바닥을 몇 번 차더니 그대로 나무꾼을 향해 급발진했다.
다다다다다다!!
꽁지머리는 물러서지 않았다. 오히려 도끼를 꽉 쥐고는 노려보았다.
"얼마든지 컴 온!"
그는 방아쇠를 당기듯 두 손에 잡은 도끼를 머리 뒤로 넘겼다. 그리고 정확히 조준했다. 양팔에 탄력을 일으키며 발사했다.
휘이익!
도끼가 바람을 찢으며 날아갔다. 도끼는 독기를 품고 프로펠러처럼 돌진했다. 멧돼지 몸뚱이를 갈라 버릴 날카로움과 묵직함이 공존했다. 급발진하는 멧돼지와 날아가는 도끼가 치킨 게임 하듯 박치기하기 직전이었다.
퍽!
장작 팰 때 나는 쩍! 소리와는 사뭇 달랐다. 도끼날에 맞은 게 아니었다. 아래쪽 손잡이에 멧돼지 이마가 맞았다.

키이잉! 쿠렁! 쿠렁!

멧돼지는 멈칫하며 균형을 잃는가 싶더니 다시 돌진했다. 꽁지머리는 역시 당황하지 않았다.

"플랜 B!"

꽁지머리는 뒤돌아서 질주했다. 좁은 오솔길에 들어섰다.

"얘들아, 준비해!"

꽁지머리는 이 길이 훤했다.

저기 소나무 두 그루가 골대처럼 오솔길 양옆에 서 있었다. 더 힘을 내어 뛰었다.

다다다다다!!

멧돼지도 다다다다다!!

꽁지머리는 소나무에 다다르자 바닥에 그걸 확인하고는 훌쩍 뛰어 지나쳤다. 멧돼지는 천지도 모르고 네발에 액셀러레이터를 밟은 것처럼 또 급발진했다.

그때 양쪽 소나무에 숨어 있던 친구들이 바닥에 그물을 동시에 휙! 들어 올렸다.

멧돼지는 급브레이크 밟을 틈도 없이 그냥 앞을 지나쳐 골인했다. 그러자 그물이 딸려 가며 멧돼지를 감아 버렸다.

우당당탕탕!!

큰 바위가 굴러가는 소리를 내며 데굴데굴 굴렀다. 전방 낙법, 후방 낙법, 측방 낙법 등 유도 기술을 실시간 터득해 버렸다. 정신없이 구르다 드디어 멈췄다. 그물 구멍 사이로 뿔과 네발이 툭 삐져 나왔다. 멧돼지는 일어서려고 지랄발광을 했다. 그 모습이 마치 벌에 쏘인 꼴이었다. 폴짝폴짝 뛰었다가 대가리를 흔들었다가 뒹굴었다가 혼자 댄스 배틀을 했다. 소용없었다. 생쇼를 할수록 그물이 더

휘감아 버려 몸뚱이를 움직일 수 없었다.
 제풀에 꺾여 쿵! 철퍼덕! 주저앉았다. 그물 구멍 사이로 네발이 묶기 쉽게 X 자로 꼬인 채 쓰러졌다. 멧돼지 인생도 꼬였다. 그제야 꽁지머리와 친구들은 멧돼지 주위로 다가갔다.
 "빨리 묶어!"
 한 친구가 밧줄을 꺼냈다. 다른 친구는 삐져나온 멧돼지 다리를 두 손으로 꽉 잡았다.
 우우우우웅!!
 그러자 멧돼지가 짧은 다리로 옆차기 하며 두 손을 뿌리쳤다. 최후의 발악이었다. 다리를 잡던 친구는 몸을 뒤로 빼다 그대로 나자빠졌다.
 그때 꽁지머리가 친구가 들고 있던 도끼를 빼앗았다. 힘껏 멧돼지 이마를 내리쳤다.
 퍽!
 도끼날이 아닌 뒤쪽 뭉툭한 쇠로 이마를 쳤다.
 멧돼지는 머릿속에 떠오르는 북두칠성, 카시오페이아, 큰곰자리, 작은곰자리 등 수많은 별들을 보며 기절했다. 다들 깨어나기 전에 얼른 네발을 밧줄로 묶었다.
 잡는 것보다 집으로 끌고 오는 게 더 힘들었다. 그날은 동네 바비큐 파티를 했다.

 다음 날, 꽁지머리는 기분 좋은 마음으로 산속 연못에 나무를 하러 갔다. 가는 길이 손수레 한 대 정도는 지나갈 수 있는 오솔길이었다. 그런데 먼저 와 있는 다른 나무꾼 등짝과 흐트러진 뒷머리가 눈에 띄었다. 더벅머리 나무꾼이었다. 더벅머리는 바위 뒤에 숨어서 연못을 염탐하느라 꿈쩍도 하지 않았다. 꽁지머리도 뒤에 숨어서 더벅머리를 염탐했다.

연못에서는 선녀들이 바가지로 물을 끼얹으며 수다를 떨었다.

"여기 물 좋은데! 때가 잘 밀리는구나!" 큰언니 선녀가 이태리타월을 밀며 말했다.

"다 끝나고 구운 계란과 식혜 한 사발씩 하고 올라갑시다." 둘째 언니도 고개를 끄덕이며 말했다.

"우리한텐 여기가 '힙'한 장소야." 셋째도 거들었다.

"저 거위도 벽을 넘어 하늘을 날을 거라고~~♬"

선녀들은 「후라이의 꿈」을 떼창하며 이태리타월로 열심히 밀어 댔다.

그럼 저놈이 선녀가 목욕하는 것을 보고 있었구나!

꽁지머리는 미간을 좁혀 얼굴을 찌푸렸다. 자세히 보니 나뭇가지에 걸어 놓은 선녀 옷까지 손을 댔다.

저놈이 훔치기까지?

안 되겠다 싶어 꽁지머리는 총총걸음으로 다가가서 더벅머리 등을 살짝 쳤다.

"지금 뭐 하는 짓이오? 아무리 나무꾼이 힘들다지만 이건 아니오." 작은 목소리지만 힘 있게 꾸짖었다.

"윽!" 더벅머리는 소리를 지를 뻔했다. "제발 한 번만 봐주시오. 사정이 있어 그럽니다."

세상에 모든 불쌍함을 얼굴과 목소리에 모아 빌었다.

더벅머리는 며칠 전 사냥꾼한테서 구해 준 사슴에 대한 얘기를 다 말해 주었다.

"그래도 훔치는 건 좀…."

"이번 일만 성공하면 좋은 선녀를 소개팅시켜 주겠소." 더벅머리는 또 빌었다.
 꽁지머리는 소개팅이라는 말에 홀딱 넘어가 모른 척하며 그냥 돌아왔다.

 다음 날 꽁지머리는 다시 연못으로 갔다. 도끼질하려고 나무를 쳐다보니 영지버섯이 나무 위에 탐스럽게 피어 있었다.
 저 귀한 버섯이 여기 있다니!
 꽁지머리는 산삼이라도 발견한 것처럼 눈이 동그래지며 도끼를 꽉 쥐었다. 너무 높아 밑에서 도끼로 조준했다. 멧돼지 맞추던 실력으로 휙! 던졌다. 툭! 바로 밑에 맞고 도끼는 바닥에 떨어졌다. 이번엔 좀 더 세게 휙! 던졌다.
 툭! 버섯에 정확히 맞았고 버섯은 땅에 톡 떨어졌다. 하지만 도끼는 세게 튕겨 연못으로 향했다. 두 바퀴 반 돌더니 연못 가운데 멋지게 다이빙하고 말았다.
 아! 하나뿐인 도끼가!
 땅에 떨어진 영지버섯은 눈에 들어오질 않았다.
 "으으으흑! 내 목숨만큼 귀한 도끼가…. 아이고, 내 팔자야!" 서럽게 울었다.
 고개를 내밀어 도끼가 빠진 연못 가운데만 쳐다보았다. 둥글게 퍼지는 물결만을 원망하며 하염없이 울었다.
 그러자 연못 속에서 허연 거품이 일더니 누군가 펑! 하고 고개를 내밀었다. 허연 머리에 허연 머리띠, 허연 수염에 허연 두루마기까지. 화이트 콘셉트의 산신령이었다.
 꽁지머리는 눈물을 닦을 새도 없이 산신령만 쳐다보며 입을 쩍 벌렸다.

"왜 그리 슬피 우느냐? 너 때문에 잠이 다 깨지 않았느냐?" 산신령의 짜증 섞인 목소리가 연못에 퍼졌다.

"아이고! 할배, 아니 산신령님! 제 도끼가 연못에 빠졌습니다요." 소매로 눈물을 닦으니 눈물이 콧물과 콜라보를 이뤄 뚝뚝 흘러내렸다.

"그만 울거라, 더럽다. 그렇게 울다가는 눈물과 콧물이 연못에 더해져 넘치겠구나." 산신령은 아지트가 더러워질까 봐 눈살을 찌푸렸다.

산신령은 나무꾼을 이리저리 살펴보았다. "음… 그럼 내가 찾아올 터이니 여기서 잠시 웨잇 어 미니트!" 산신령은 꽁지머리가 고맙다는 말할 틈도 주지 않고 사라졌다.

1분도 채 되지 않아 올라왔다.

"우웩! 콜록! 콜록!" 산신령은 양껏 물을 토해 내며 기침을 했다. 게다가 빈손이었다.

"어허, 500년 동안이나 살았더니 늙어서 잠수도 잘 안되는구나. 다시 갔다 오겠다." 산신령은 벌겋게 달아오른 눈을 감고 한 손으로 코를 막고는 잠수했다.

5분 뒤 산신령이 다시 올라왔다.

"이 금도끼가 네 도끼냐?" 조금 전과 달리 여유로운 목소리였다.

"그, 그건 금 색깔이 아닌디유." 꽁지머리는 고개를 삐죽 들어 대답했다.

"아, 이제 내가 노안까지 왔구나." 산신령은 도끼를 자세히 보더니 겸연쩍어했다. 그러고는 다시 풍덩 들어갔다가 잠시 뒤 나왔다.

"이 금도끼가 네 도끼냐?"

"아닙니다. 제 도끼는 쇠⋯."
다 듣지도 않고 산신령은 바로 또 풍덩! 곧 다시 올라왔다.
"그럼 이 은도끼가 네 도끼냐?"
"아닙니다. 제 도끼는 쇠⋯."
또 바로 풍덩!
성질 급한 할배 같으니!
다시 올라왔다.
"그럼 이 쇠도끼가⋯."
"네. 무조건 맞습니다. 제 겁니다." 꽁지머리는 두 손을 내밀었다.
"진작에 쇠도끼라 말하지. 시간만 낭비했구나." 산신령은 도끼를 넘겨주었다.
"예? ⋯어쨌든 정말 고맙습니다. 그 도끼는 저와 생사고락을 같이한 도끼이옵니다." 꽁지머린 고개를 숙여 도끼를 받아 들고는 감사의 절을 했다.
절하면서 그제야 땅에 떨어진 영지버섯이 눈에 들어왔다.
"기브 앤 테이크라고 여기 영지버섯을 선물로 드리겠습니다. 보아하니 기력이 예전 같지 않으신 듯한데 보약으로 드십시오."
꽁지머리는 영지버섯을 집어 들고는 산신령께 내밀었다.
"어허! 이러면 내가 남는 장사가 되는데⋯." 산신령은 수염을 쓸어내리며 속으로 아싸라비아 했다. "음⋯ 참으로 정직하고 예의 바른 젊은이야. 가난해서 욕심 부릴 수도 있었는데 보기 드문 젊은이야. 이 금도끼, 은도끼까지 다 주겠다. 절대 영지버섯 때문에 주는건 아니야. 내 맘 알지. 어흠!" 산신령은 꽁지머리 눈치를 보며 도끼들을 내밀었다.
"정말요? 감사합니다. 정말 감사합니다." 꽁지머리는 몇 번이고 절을 했다.

그리고 도끼들을 챙기며 "근데 여기 500년이면 지겹지 않습니까? 다른 연못도 뷰가 좋은데 그리로 이사하는 것도 괜찮을 듯한데요." 하고 물었다.

"어흠! 선녀 아이돌을 볼 수 있어 여기가 얼마나 힙한 줄 아느냐? 올 때마다 인기 가요를 떼창하니 내 귀가 즐겁더구나. 내 집 마련한다고 정말 힘들었다." 산신령은 흰 수염을 또 쓸어내리며 들어가 버렸다.

2

꽁지머리는 산에서 내려오면서 방금 일이 꿈만 같았다. 손에 꽉 쥔 금도끼와 은도끼를 몇 번이나 쳐다보며 내려왔다. 그러다 산 중간쯤 내려왔을 때였다.

떠버덕! 떠버덕!

뒤에서 뭔가 급하게 뛰어오는 소리였다. 발자국 소리를 들으니 멧돼지 같은 산짐승이라 확신했다.

탕!

꽁지머리는 움찔하며 손에 쥔 도끼를 떨어트릴 뻔했다. 갑자기 들려온 총소리에 조금 전 꿈만 같은 감성은 사망해 버렸다.

떠버덕! 떠버덕!

총에 맞지 않았는지 더 빨리 달렸다.

발자국 소리에 꽁지머리 심장도 장단 맞춰 뛰었다. 불길한 마음에 내리막길을 향해 냅다 뛰었다. 도끼를 든 양손을 흔들어 젖히며 절대 놓지 않았다. 하지만 산짐승이 더 빠를 수밖에 없었다.

떠버덕! 떠버덕!

어느새 엉덩이 뒤로 발자국 소리가 고함을 쳤다. 내리막길이라 넘어질까 봐 돌아보지도 못했다. 턱과 입술이 덜덜 떨렸다. 성큼성큼 앞만 보고 멀리뛰기 하듯 뛰었다. 그때 뾰족한 뿔 같은 것이 꽁지머리 엉덩이를 찔렀다.

이건 멧돼지 덧니?? 호랑이 이빨??

꽁지머리 엉덩이는 움찔했다. 축지법을 연상하듯 더 빨리 뛰었다.

"스톱! 스톱! 나무꾼님! 저 꽃사슴이에요." 꽃사슴은 거친 숨소리를 내뱉었다.

꽃사슴?

꽁지머리는 멈추고 뒤돌아봤다.

허걱! 턱이 빠져라 입을 벌리고는 뒤로 넘어질 뻔했다. 이름만 꽃사슴이고 몸통은 멧돼지, 얼굴은 호랑이를 닮았다. 외모 자체가 비상계엄 수준이었다. 나뭇가지 같은 뿔과 초롱초롱한 눈망울, 날씬한 다리만 꽃사슴이었다. 뭔 돌연변이 꽃사슴인가 싶었다.

"걱정 마세요. 곧 다이어트하고 성형수술 할 거예요." 꽃사슴은 뒤를 한번 돌아보고는 여전히 거친 숨을 내쉬었다. "사냥꾼에 쫓기고 있어요. 절 찾으면 왼쪽 길로 갔다고 해 주세요." 대답할 틈도 주지 않고 오른쪽으로 달아나 버렸다.

얘도 성질이 급하네.

다다다다!

그러자 저쪽에서 사냥꾼이 뛰어왔다.

꽁지머리는 사냥꾼이 다가오자 모른 척 뒤돌아 천천히 걸어 내려갔다.

"웨잇 어 미니트 나무꾼!" 사냥꾼이 헐레벌떡 뛰어오며 불렀다. 뛰어오면서 양손에 잡은 사냥총이 흔들렸다.

"난 그따위 영어 모르오!" 꽁지머리는 발걸음을 재촉하며 멀찌감치 떨어졌다.

"그냥 거기 서 나무꾼아! 아니면 쏴 버린다! 쏘기 전에 이리 와!!" 사냥꾼은 이미 더벅머리한테 속은 터라 얼굴에 뻘건 핏기가 가득했다.

꽁지머리는 곧장 네에! 하고 즉시 돌아서며 번개같이 뛰어왔다. 바로 축지법을 연마해 버렸다.

사냥꾼의 오른손 집게손가락은 이미 방아쇠에 걸려 있었다. 꽁지머리는 다리가 후들거렸다. 도끼를 꽉 쥔 손에 땀이 났다. 잘못하다간 금도끼, 은도끼까지 내줄 판이었다. 꽁지머리는 도끼를 허리춤 뒤로 숨겼다.

"조금 전 사슴 같은 돼랑이 아니, 돼랑이 같은 사슴 봤지?" 이 말과 동시에 사냥꾼은 총구를 꽁지머리 나무꾼 심장을 향했다.

거짓말했다간 저 집게손가락을 당길 것만 같았다. 꽁지머리는 침을 꼴딱 한번 삼키고는 꽃사슴을 떠올렸다.

저 괴상한 꽃사슴은 희귀동물일 텐데 저런 못된 사냥꾼한테 죽게 내버려둘 순 없지!

"왼쪽으로 급히 뛰어가는 걸 봤어요." 꽁지머리는 고개만 돌려 가리켰다.

그리고 목구멍으로 침을 한 번 더 삼켰다.

사냥꾼은 왼쪽 방향과 꽁지머리 얼굴을 번갈아 가며 쳐다보았다.

"정말이지?" 사냥꾼은 눈을 가늘게 뜨며 또 한 번 꽁지머리 얼굴을 쓱 살폈다. "거짓말이면 가만 안 두겠어." 그러더니 총구를 휙 돌려 왼쪽으로 뛰어갔다.

휴! 죽는 줄 알았네.

꽁지머리는 한숨을 내쉬고는 이마에 흐르는 땀도 닦았다.

"잠깐!" 사냥꾼이 저만치 뛰다가 멈추고 돌아섰다. 그러고는 꽁지머리가 뒤춤에 숨긴 금도끼, 은도끼를 째려보았다. 꽁지머리 손엔 다시 땀이 났다. 너무 떨려서 땀이 손에서 나는지 도끼에서 나는지 헷갈렸다.

"그 금도끼와 은도끼… 그럴싸한데. 진짠 줄 알겠어. 나도 다이소 가서 사야겠다." 사냥꾼은 돌아서 뛰어 내려가 버렸다.

무식한 사냥꾼! 그러나 고마운 사냥꾼!

한편 꽃사슴은 오른쪽 방향 숲속으로 달렸다. 숨 쉬는 것도 아껴가며 달렸다. 그런데 앞을 보고는 숨이 턱! 막혀 멈추고 말았다. 하마터면 고꾸라질 뻔했다.

진짜 호랑이가 앞에 떡하니 서 있는 게 아닌가?

진짜 호랑이도 돼랑이 꽃사슴을 한참 동안 위아래로 훑어보았다. 그리고 오른쪽 앞발을 높이 들었다. 낚싯바늘 같은 발톱이 툭 튀어나왔다. 햇빛에 비쳐 더욱 날카로웠다.

꽃사슴은 낚싯바늘이 자기 목에 박힐 것만 같았다. 꼼짝도 할 수 없었다.

"헤이! 친구, 반가워!" 진짜 호랑이는 오른발을 흔들며 해맑게 웃었다.

"??" 꽃사슴은 자신을 놀리는 줄 알았다.

"진짜 산속의 호랑이는 이렇게 생겼구나! 근데 너도 다이어트 좀 해야겠어." 호랑이는 신기했는지 입을 쫙 벌려 꽃사슴을 또 훑어보았다.

꽃사슴은 속으로 '내가 호랑이처럼 힘상궂게 생겨서 착각하나?

하지만 뿔을 보면 알 텐데?' 하며 고개를 갸우뚱했다.

"내가 좀 비지(busy)해서 그러는데 근처에 「떡 하나 주면 안 잡아먹지!」 떡방앗간이 어디 있지?" 호랑이는 며칠 굶었는지 입맛을 다시며 물었다. 그 모습이 꼭 꽃사슴을 잡아먹을 듯했다.

"아… 그 떡방앗간이요? 여기가 아니고 옆 동네에 있어요. 이 산 넘어가면 돼요."

꽃사슴은 떨리는 몸을 애써 감추며 위치를 가르쳐 주었다. 미세하게 진동하는 뿔은 어쩔 수 없었다.

"오, 땡큐!" 호랑이는 가르쳐 준 쪽으로 뛰었다.

"휴~" 꽃사슴은 한숨을 내쉬고는 호랑이 반대 방향으로 돌아섰다.

"잠깐!" 호랑이가 뛰다 말고 돌아섰다.

꽃사슴은 뛰려다 다리가 후들거려 주저앉을 뻔했다.

"네 머리에 뿔?" 호랑이 눈엔 여전히 진동하는 뿔이 돋보였다.

꽃사슴은 사냥꾼을 마주한 것보다 더 무서워 자라처럼 목이 움츠러들었다.

"그 뿔… 동물 다이소에 팔지? 산속 호랑이한테는 그 뿔이 유행인가 봐?"

잠시 멈칫한 꽃사슴은 눈을 들어 자기 뿔을 한번 쳐다보았다.

"아, 네…. 그럼요, 팔고말고요!" 하며 동물 다이소 위치도 자세히 가르쳐 주었다.

호랑이는 미소를 띠더니 돌아서 급히 뛰어갔다.

"휴~ 진짜 무식한 호랑이야! 그래도 덕분에 내가 살았네! 어이없다!"

3

집으로 돌아온 꽁지머리는 금도끼, 은도끼를 집에 가보처럼 걸어 두고는 흐뭇해했다. 또 동네 회식을 했다.

"이번엔 소고기 파뤼!! 자! 소고기 맘껏 드세요. 소고기는 1도 화상만 돼도 드셔도 됩니다요!"

이 일이 나무꾼들 사이에 SNS로 삽시간에 퍼졌다.

이 소식을 들은 대머리 나무꾼은 속이 부글부글 100℃로 끓었다. 대머리는 요즘 트렌드에 맞춰 유튜브를 하면서 자연인 삶을 살고 있었다. 하지만 조회 수가 많지 않아 먹고살기 힘들었다. 그래서 자신도 연못을 찾아가기로 했다.

대머리는 허름한 도끼를 들고 그 연못으로 갔다.

퍽! 퍽! 어이쿠!

명품 연기였다. 얼른 눈에 안약을 넣고는 연못을 향해 절하듯 엎드렸다.

"아이고 내 팔자야!" 대머리도 서럽게 울었다.

반응이 없자 더 크게 울어 젖혔다. 나무 위 새들이 놀라 날아갈 정도였다.

그러자 연못 물이 허옇게 일렁이더니 산신령이 나타났다.

"바로 너냐?" 산신령은 도끼눈을 뜨고 째려보았다.

"네. 맞습니다. 제가 방금 도끼를 빠뜨렸습니다. 흑흑!" 안약 눈물이 뺨을 타고 입술을 적셨다.

짭쪼름한 맛이 아닌 특이한 쓴맛이었다.

"도끼로 내 머리를 맞춘 녀석이 너란 말이냐?" 산신령 머리엔 큰 방수 밴드가 붙어 있었다.

"네? 아, 죄송합니다. 아주 비싼 도끼를 빠뜨렸습니다." 대머리는 방수 밴드를 보고 미안한 척하며 고개를 푹 숙였다.

산신령은 아픈 머리를 만지작거리며 대머리 나무꾼을 유심히 훑었다.

"음, 그래. 잠시 기다리거라."

풍덩!

잠시 후 다시 나왔다. 이번엔 전혀 숨이 가쁘지 않았다.

"이 금도끼가 네 도끼냐?"

대머리는 마음 같아서는 바로 네! 하고 싶었지만 참았다.

"아닙니다." 고개를 숙였다.

산신령은 다시 풍덩!

"이 은도끼가 네 도끼냐?"

"역시 아닙니다."

이놈도 앞에 나무꾼처럼 날 고생만 시키는군.

산신령은 방수시계를 흘깃 보고는 눈살을 찌푸리며 풍덩! 했다.

"그럼 이 쇠도끼가 무조건 네 거 맞지? 그지?" 산신령은 떠밀듯이 내밀었다.

"네."

"정직하구나. 받아라."

산신령은 던지듯이 쇠도끼를 건네주었다.

대머리는 받아들고는 머뭇거렸다. 그리고 슬쩍 산신령을 쳐다보았다.

산신령도 가려다 대머리 표정을 보고 머뭇거렸다.

"어… 저… 나이가 많으셔서 산신령님을 충분히 이해합니다." 대머리는 머리를 긁적이며 말했다.

"…뭘 말이냐?" 신신령도 방수밴드를 긁적였다.

"나이가 들면 기억력이 쇠퇴할 수밖에 없지요. 영지버섯이 효과가 없었나 봅니다. 꽁지머리가 독버섯을 줬나 봐요." 대머리는 속으로 비웃었다.

"뭐라고?"

"금도끼와 은도끼 다 줘야 되는 걸 깜빡하셨군요. 지금이라도 주시면 산신령님의 기억력에 대해서는 절대 유튜브에 올리지 않겠습니다." 대머리는 산신령을 올려다보며 씩 웃었다.

"음… 난 네가 충분히 이해가 가지 않는다." 산신령은 눈을 가늘게 뜨고 대머리를 째려보았다.

"예?"

"괘씸한 놈!! 욕심에 눈이 어두워 정직한 척하다니! 너 같은 놈한테는 쇠도끼도 아깝다."

툭!

산신령은 긴 지팡이로 쇠도끼를 쳐서 다시 연못에 빠뜨려 버렸다.

"어!! 내, 내 도끼!" 대머리는 얼굴색이 변하더니 "정직해도 문젭니까? 왜 사람을 차별합니까? 재물손괴죄로 신고하겠소!" 고개를 들고는 대들었다.

"꽁지머리는 원래 정직하다고 SNS에 소문이 다 났더만, 넌 불량 유튜버라고 소문이 났더구나. 말로만 자연인 흉내 내며 실은 집에 온갖 편의시설 다 갖춰 놨더구나. 라면, 참치, 스팸 등 인스턴트식품을 먹으면서 거짓 방송 하지 않았느냐? 배민에 배달 음식 시켜 먹고 밤에는 몰래 산에서 내려와 야식까지 사 먹었더구나!" 산신령은 참다못해 다 폭로해 버렸다.

대머리는 모든 게 탄로 나자 벌거숭이가 된 기분이었다.

"요즘 세상이 어떤 세상인데 정직하지 못한 마음으로 방송까지

하려고 하느냐? 없는 말도 지어내며 마녀사냥 하는 세상이다. 하물며 있는 너의 허물을 들추기는 도끼질보다 더 쉬우니라! 방송으로 유명인이 되고 싶다면 인성부터 갖추거라. 한순간 실수로 인생 나락으로 가는 걸 방송으로 많이 봐 왔지 않았느냐? 정직이 재산이니라! 정직이 재산이야!" 산신령은 눈썹을 치켜올리며 수염은 부들부들 떨면서 지팡이로 한 대 쳐 버리고 싶었다.

"제, 제가 정말 죽을죄를 지었습니다. 흑흑!" 대머리는 바로 고개를 숙였다. 하지만 이내 비죽대며 말을 뱉었다. "…라고 말할 줄 알았죠? 어차피 인생은 한 방입니다. 이렇게 살다가 한번 뜨면 팔자 고치는 거지요. 늙은 영감쟁이 주제에 누구한테 훈계질이오? 내 반드시 복수하리다!" 대머리는 쇠도끼 눈을 하고는 뒤돌아 가 버렸다.

"고얀 놈!!" 산신령은 지팡이를 움켜쥐며 대머리 뒷모습을 매섭게 쳐다보았다.

며칠 뒤 대머리는 단단히 벼르고 연못으로 찾아왔다. 손수레에 뭔가를 싣고 왔다.

"나와라! 산신령 영감쟁이야!" 연못을 향해 소리쳤지만 옅은 물결만 일렁거렸다.

돌을 마구 던졌다. 음식물 쓰레기도 던졌다.

"나오란 말이다! 맨날 흰옷만 입고 머리는 감지도 않고 스트레이트파마에 패션이 그게 뭐냐? 산신령 중에 당신이 제일 더럽다! 흰머리 염색 좀 해라!"

역시 아무런 응답이 없었다.

"좋다! 어쩔 수 없지."

부르릉!!

기계 켜는 소리가 들리더니 잠시 뒤 연못 물이 조금씩 줄어들었다. 시간이 지나자 절반쯤 줄어들었다.
그러자 펑! 하고 산신령이 나타났다.
"이 무슨 짓이냐?" 지팡이를 움켜쥔 손은 지팡이를 부러뜨릴 듯했다.
"당장 금도끼, 은도끼 내놓지 않으면 이 양수기로 물을 다 빼고 농약을 살포하겠소!" 대머린 양수기 속도를 더욱 높였다.
부릉 부릉 부르릉!!
"이런 몹쓸 놈!"
산신령은 연못이 점점 줄어드는 걸 보자 입이 바짝 타들어 갔다.
"으음…." 산신령은 코로 한숨을 내쉬고는 잠시 눈을 감았다. 목구멍까지 끓어오르는 분노를 삭이고 조용히 말했다.
"알았다. 일주일 시간을 주면 금도끼, 은도끼를 만들어 주겠다." 산신령은 얼굴에 힘을 빼고는 조용히 달랬다.
"오케이! 진작에 그럴 것이지." 대머린 그제야 양수기를 끄고 비겁한 미소를 지었다. "일주일이오! 일주일! 설마 산신령이 약속을 어기진 않겠죠?"
대머린 내려오면서 '역시 내 작전이 먹혀들었어!' 하며 자신의 대머리를 찰싹 때렸다.
산신령은 연못 속으로 들어가더니 아주 바쁜 일주일을 보냈다.

일주일 뒤 대머리는 잔뜩 기대를 하고 다시 연못에 갔다.
"알아서 나오시오! 스트레이트파마 영감님!"
역시 물결이 일렁이면서 산신령이 나왔다. 두 손에 반짝반짝 빛나는 두 도끼를 꺼내 보였다.

"옛다! 괘씸한 놈! 네 머리보다 더 빛나는 도끼니라. 어서 갖고 썩 꺼지거라!" 산신령은 던지듯이 도끼를 건네주었다.

"거, 줄 거면 기분 좋게 주지. 산신령이 속 좁게 참!"

대머린 이젠 유튜버 접어도 되겠구나 하며 산에서 내려왔다.

4

다음 날 금도끼와 은도끼를 금은방에 자랑스럽게 가져갔다.

"지금 장난하시오? 이건 가짜요!" 금은방 주인이 인상을 쓰며 가짜 도끼를 내동댕이쳤다.

"뭣이? 가짜! 네 이놈의 스트레이트파마 영감쟁이를!"

열이 오를 대로 오른 대머리는 이성을 잃은 채 양수기와 농약, 도끼를 들고 연못으로 갔다. 그리고 곧바로 양수기로 물을 퍼냈다.

부르르르르르르릉!!!!

양수기도 열이 받았다. 연못 속에 잠겼던 나무와 긴 풀들이 드러났다. 바닥도 드러나자 누워 있는 사람의 형체가 반쯤 눈에 띄었다. 긴 백발의 노인이 움직임이 없이 드러누워 있었다.

"그럼 그렇지! 연못 물을 빼내니 산신령 당신도 별수 없구나!"

아니었다. 산신령이 아니었다. 자세히 보니 마네킹이었다. 그리고 옆에는 큰 돌 수십 개가 바닥에 박혀 있었는데 어떤 글씨를 표현했다.

'정직이 재산이니라! 바봉! 멍충이!'

"속았다! 이놈의 늙은이가!"

대머리는 말도 안 되는 드라마 같은 상황에 정신이 어질어질했다. 씩씩거리며 산중턱에 내려왔다.

떠버덕! 떠버덕!

그때 저쪽에서 묵직한 발자국 소리가 났다. 뭔가 뛰어오는 게 보였다.

"저건 사슴? 아니 호랑이? 멧돼지? 설상가상이구나!" 대머리는 뒤돌아볼 새도 없이 밑으로 뛰었다.

"스톱! 나 꽃사슴!"

꽃사슴은 역시 거친 숨을 내뱉으며 어느새 대머리한테 다가왔다. 대머리는 뒤돌아 꽃사슴을 보고는 다리에 힘이 풀려 뒤로 넘어질 뻔했다. 멧돼지와 호랑이, 사슴의 몸을 섞어 놓은 희한한 동물이었다. 약을 잘못 먹었나 싶었다.

"역시 사냥꾼한테 쫓기고 있는 거 아시죠? 왼쪽으로 갔다고 해 주시는 거 아시죠? 부탁할게요. 땡큐베리망치~" 꽃사슴은 역시 대답할 틈도 주지 않고는 오른쪽으로 후다닥 가 버렸다.

"열받아 죽겠는데 무슨 부탁이야!"

역시 사냥꾼이 헐레벌떡 뛰어왔다. 대머리를 보자 바로 총구를 대머리 얼굴에 들이밀었다. 대머리는 어처구니없는 상황에 심장이 멎을 뻔했다.

"빨리 말해!!" 사냥꾼은 얼굴엔 독이 오를 대로 올라 집게손가락을 당기기 직전이었다.

"네, 네?" 대머리는 눈앞에 흔들리는 총구를 보니 턱과 이가 덜덜 떨렸다.

사냥꾼의 폭발 직전 시뻘건 얼굴은 마치 시한폭탄 같았다.

"아, 아니 왜 다들 말이 짧죠? 너무 대화를 생, 생략하신 것 같은데요." 대머리는 눈앞에 총구를 보며 사팔눈이 되었다.

사냥꾼은 오른손 집게손가락에 힘을 주더니 "나.무.꾼.님, 돼.랑.이 사.슴.이 어.디.로 갔.는.지 나.에.게 친.절.하.게 말.해 주.겠.니?" 하며 "이젠 됐지? 주어, 동사가 있는 완벽한 문장의 질문이야. 어서 말해!!" 총구를 대머리 코에 갖다 대자 코가 짓눌렸다.

"저, 저, 오른쪽이요!" 대머린 코맹맹이 소리로 얼굴만 살짝 돌려 눈짓을 했다.

"그럼 왼쪽으로 갔겠군. 왜 너희 같은 나무꾼 놈들은 거짓말만 하지?" 이번엔 총구를 떨리는 윗입술에 쑤시듯이 갖다 댔다.

"저, 저, 정말이에요. 오른쪽으로 갔다고요!" 대머린 윗입술이 돌아간 채 자기도 모르게 도끼를 움켜잡았다.

"유치원 때 거짓말하지 말라고 배웠잖아! 왜 어른이 되면 다들 까먹는 거지? 왜? 왜? 왜냐고!!" 어느새 사냥꾼의 집게손가락은 방아쇠를 조금 당기고 있었다.

대머리는 눈알이 튀어나올 것만 같았다. 그러곤 그다음 행동을 상상했다.

방아쇠를 당기면 동시에 얼굴을 잽싸게 돌려 피한다. 총알이 뺨을 스치듯 지나간다. 왼손으로 총구를 쳐 낸다. 오른손의 도끼로 놈의 손을 찍으면 끝!

이론만 완벽한 액션일 뿐이었다!

아직 매트릭스 영화 기술을 연마하지 못했다.

"마, 마, 맞아요. 저도 유치원 때 배웠죠. 저, 전 절대 안 까먹었어요. 지, 지금도 기억하고 있어서 바른대로 말한 거예요." 대머리는 이제야 산신령이 했던 말이 머릿속에 들어와서 박혔다. "정직이 재산인 걸 절실하게 깨달았단 말입니다. 전 절대 거짓말 안 했어요!" 눈에 너무 힘이 들어가 뻘겋게 달아오르고 눈물이 찔끔 흘렀다.

사냥꾼은 지금 이 순간만큼은 대머리 눈에서 진실을 읽었다.

"음… 넌 정직이라는 재산이 풍족한 나무꾼이군. 땡큐베리망치몽

키스패너~" 사냥꾼은 코웃음을 살짝 치며 집게손가락에서 힘을 뺐다.

그리고 총구를 서서히 내렸다. 바로 돌아서 오른쪽으로 뛰어갔다.

대머리는 온몸이 땀에 젖어 머리에서도 땀이 분수처럼 줄줄 흘러내렸다. 땀이 다 식고 나서도 방금 상황에 살이 떨렸다. 죽음의 문턱에서 뭔가 철렁하는 느낌을 받았다.

하아! 한숨을 내쉬며 살아 있음에 감사했다.

대머리는 집에 돌아와서도 분한 마음과 부끄러운 마음이 머릿속에 왔다 갔다 했다.

습관적으로 리모컨으로 티브이를 켰다. 채널을 막 돌리다 「검정고무신」 만화에서 멈췄다. 대머리가 유일하게 좋아하는 만화였다. 그런데 주인공 기영이가 하는 말을 듣고 다시 철렁했다. 나쁜 아저씨를 잡아가는 경찰에게 하는 말이었다.

"경찰 아저씨! 어른들은 참 이상해요. 우리가 살아가면서 배워야 할 중요한 교훈은 모두 국민학교 때 다 배운다고 담임 선생님이 그랬어요. 남의 물건 훔치지 마라, 친구 때리지 마라, 친구와 사이좋게 지내라, 부모님께 효도해라, 거짓말 하지 말고 정직해라 기타 등등…. 그런데 왜 어른이 되면 다들 반대로 하는 거죠? 그래서 난 어른이 되기 싫어요!"

기영이의 말에 잡혀가는 아저씨도 경찰 아저씨도 아무 대답도 하지 못했다. 이걸 보는 대머리도 화면 속 기영이를 똑바로 쳐다볼 수가 없었다. 특히 정직이라는 말에 눈빛이 흔들렸다.

못다 한 이야기

"저런 나쁜 대머리 나무꾼한테 진짜 도끼를 줄 순 없지. 어디 보자…. 금색, 은색 도금이 아주 잘됐어. 감쪽같이 속겠는걸." 산신령은 입을 벌려 고개를 끄덕였다.

얼마 후 다른 연못으로 이사 온 산신령은 새 보금자리를 찾았다.

"어차피 선녀와 나무꾼 스캔들 이후로 선녀가 더 이상 그 연못에 내려오지 않아. 거긴 더 이상 힙한 장소가 아니지."

그리고 이삿짐을 정리하며 아주 귀한 물건을 어루만졌다.

"이제 나이가 들어 이 산소통이 없으면 잠수도 못 하니 산신령 체면이 말이 아니구나! 이 영지버섯도 내가 바쁜 일주일 보내는 데 많은 도움이 됐지." 산신령은 산소통 여러 개를 잘 보이는 곳에 두며 미소를 지었다. 그리고 그 옆엔 조금 남아 있는 영지버섯도 챙겨 두었다.

* * *

사냥꾼이 산속 집에서 낮잠을 자고 있는데 전화벨이 울렸다.

여보세요 하기도 전에 "사냥꾼님! 큰일 났어요. 저희 사슴농장에서 꽃사슴이 또 탈출했어요. 빨리 잡아 주세요. 지금 동네 논과 밭을 다 헤집고 다녀서 엉망이에요. 뿔로 사람을 받아서 몇 명 다쳤다고요!" 다급한 목소리였다.

"꽃사슴이 그랬다고요?" 사냥꾼은 잘못 들었나 싶어 되물었다.

"네. 저번에는 뚱땡이 사슴이 탈출해서 아랫마을 사냥꾼한테 맡겼는데 잡지 못했어요. 이번에 탈출한 놈은 실험용 꽃사슴인데 돌연

변이에요. 멧돼지 DNA와 호랑이 DNA가 섞였어요. 일명 돼랑이라 불러요. 그래서 이번엔 특별히 사냥꾼님한테 부탁하는 거예요. 절대 죽이진 말고 생포해야 됩니다."

"위험한 놈이군요. 걱정 마세요. 사냥용 총이 아닌 마취총 준비할 게요."

이름만 꽃사슴이지 성질이 난폭한 사슴이야!

제2장

21세기 콩쥐팥쥐

1

최만춘은 부모가 물려주신 시골 큰 땅에 아내와 상품작물 농사를 지었다. 그는 비닐하우스에 블루베리, 망고, 샤인머스캣 등을 재배했다. 비닐하우스 옆 큰 텃밭에는 무, 배추, 상추 같은 여러 채소도 재배했다. 도시에 내다 팔아 돈을 많이 벌었다.

그러나 둘 사이에 계속 자식이 없었다. 걱정하던 끝에 깊은 산속 절에 불공을 드려서 뒤늦게 콩쥐라는 딸을 얻었다. 하지만 콩쥐 엄마는 얼마 뒤 병을 얻어 세상을 떠났다.

결국 최만춘이 한부모 가정이 되어 콩쥐를 업어 키웠다.

아이고 내 팔자야, 청이 아빠 심학규랑 비슷한 신세가 되었구나!

그러던 콩쥐가 초등학생이 되던 해에 최만춘은 돌싱결혼정보회사를 통해 재혼했다. 역시 돌싱 여자였는데 이미 팥쥐라는 딸이 있었다. 팥쥐는 콩쥐와 동갑이었다.

어찌 그리 모녀가 닮았는지!

둘 다 볼살이 늘어져 심술주머니 같았고, 몸뚱이는 정육면체였다. 걸으면 뒤뚱뒤뚱 푸바오였다. 외모보다 마음씨가 더 문제였다.

계모와 팥쥐는 최만춘과 콩쥐 사이를 이간질했다.

"콩쥐 아빠! 아, 글쎄 콩쥐가 손버릇이 나쁘다고 동네에서 소문이 났어요. 동네 편의점에서 요즘 유행하는 설곤약 과자 훔쳤대요."

"콩쥐 아빠! 아, 글쎄 콩쥐가 친구들 포켓몬스터 카드를 훔치고 다닌대요."

그럴 때마다 콩쥐 아버지는 "우리 콩쥐는 그럴 애가 아니야, 잘못 들었겠지." 하며 콩쥐를 감쌌다.

그러다 콩쥐가 스무 살 되던 해에 아버지가 갑작스레 돌아가셨다. 여름 폭염에 비닐하우스 안에서 일하다 온열질환으로 사망했다.

"여자 셋만 남겨 두고 이렇게 떠나시면 우린 어떡합니까? 으흐흐 흑!" 계모는 장례식장에서 열연을 했다.

장례식 후 본색을 드러낸 계모는 콩쥐를 팥쥐와 더욱 차별했다.

콩쥐가 대학에 가야 하는데 계모는 등록금이 없다며 혼자 알아서 하라고 했다. 마음씨 착한 콩쥐는 아르바이트를 하며 등록금을 마련했다. 명품 옷가게 직원으로 일했다. 아르바이트지만 명품 옷도 보고 나름 재미있게 일했다. 평상시 콩쥐가 일하는 걸 지켜본 사장은 콩쥐에게 모델을 제안했다.

"콩쥐 넌 옷 입는 센스도 뛰어나고 모델 하기 딱 좋은 체형이야. 특기를 살려 모델을 해 보는 게 어때?"

콩쥐는 고민했다. 남들 다 가는 대학이라 자신도 따라갔는데 공부가 적성에 맞지 않았다. 비싼 등록금만 내는 것도 아까웠다.

차라리 그 돈이면 탕후루가 몇 개야?

결심했다. 모델의 길을 우아하게 걷기로. 전화위복이야!

오히려 계모에게 고마워했다. 그 후 사장의 도움으로 모델 학원에 들어가서 열심히 배웠다.

이걸 본 팥쥐는 질투가 나 스트레스가 쌓여 더 먹어 치웠다. 정육면체가 더 커졌다.

"엄마! 나도 특기를 살려 먹방 유튜브나 할까?"

"??"

2

며칠 뒤 시내에는 재벌집 막내 손자가 가장무도회 파티를 열어 준다고 했다. 총각인 막내 손자는 고향에 각별한 애정이 있어 기부도 하고 청년들을 위한 파티를 매년 개최했다.

그날도 콩쥐는 모델답게 예쁘게 준비를 하고 명품 구두도 신었다. 예전에 아버지가 해외직구로 신데렐라 구두를 사 준 게 있었다. 하지만 모녀는 콩쥐를 파티에 못 가게 하려고 꼼수를 부렸다.

"오늘 너에게 아주 간단한 미션을 주겠다. 비닐하우스 딸기에 시간 맞춰 물을 주고, 텃밭에 가서 밭을 갈아라. 그리고 비닐하우스에 누가 구멍을 뚫어 놨으니 청테이프로 붙여서 막아라. 어때, 간단하지?" 계모는 바가지와 호미, 청테이프를 던져 주었다.

"난 막내 손자와 썸 좀 타고 올게~" 팥쥐는 약 올리며 엄마와 가 버렸다.

콩쥐는 어렸을 때부터 아버지와 늘 하던 일이라 별문제가 없을 듯했다. 비닐하우스에 물은 스프링클러가 있으니 수도꼭지만 틀면 알아서 뿌려 준다. 텃밭은 밭을 가는 소형 트랙터가 있어 문제가 없다. 비닐하우스 구멍도 청테이프로 막으면 된다.

먼저 비닐하우스로 갔다. 날씨가 쌀쌀한데도 햇볕은 투명 비닐하우스를 뚫고 뜨겁게 내려앉았다. 후끈후끈한 비닐하우스 속 딸기들이 고개를 숙인 채 목말라했다. 빨리 물을 주지 않으면 갈증으로 시들 것만 같았다. 콩쥐는 빨리 수도꼭지를 돌렸다.
 그런데 스프링클러가 물을 내뿜지 않았다. 땅바닥에 호스가 길게 묻혀 있어 물이 전달되는 데 시간이 걸리나 했다. 수도꼭지를 더 돌렸다. 역시 뿜지 않았다.
 고장 났나 봐. 어쩌지? 딸기들이 시들겠어!
 그때 짠! 하고 두꺼비들이 수백 마리 나타났다. 이름처럼 몸이 두껍게 생겼다.
 "걱정 마세요, 콩쥐 누나. 저희가 도와드릴게요." 두꺼비들은 물이 흐르는 근처 도랑으로 뛰어갔다.
 두꺼비들은 도랑물을 잔뜩 들이마셨다. 두꺼비들 몸통이 풍선처럼 부풀어 올랐다. 그대로 비닐하우스로 돌아와선 스프링클러처럼 뿌렸다. 수백 마리가 여러 번 반복하니 금방 물을 줄 수 있었다.
 "땡큐베리망치, 두껍 씨!"
 "이 정도야 식은 마라탕 먹기죠. 헤헤!"
 다음엔 텃밭에 갔다. 가뭄이 들어 푸석푸석한 흙과 자갈만이 자리를 차지했다. 군데군데 풀도 많았다. 콩쥐는 트랙터에 시동을 걸었다.
 부릉! 털털털, 턱!
 그런데 시동이 걸리다 말았다. 몇 번이나 했지만 똑같았다.
 이것도 고장 났나 봐. 이 밭을 언제 다 갈지?
 콩쥐는 텃밭을 보며 한숨만 내쉬었다.
 또 짠! 하고 이번엔 말이 나타났다.
 "걱정 마세요. 제 특기가 밭갈이에요. 이히히히힝~" 말은 콧구멍을 벌렁거리며 외쳤다. 심상치 않은 말이었다.

"소도 아닌데 말이 쟁기도 없이 밭을 갈 수 있어?"
"걱정 마세요. 제 발굽을 보세요." 말은 몸통을 들어 올려 앞발을 보여 주었다.

말발굽 편자가 쇠로 만든 신발처럼 생겼다. 일명 아이언 슈즈! 쟁기처럼 튼튼하게 생겼다. 말 다리도 굵직한 게 허벅지가 장난이 아니었다. 스쿼트를 좀 했던 말이었다.

"유행은 좀 지났지만 강남 스타일로 갈아 줄게요."

말은 싸이의 말춤을 춤을 추면서 밭을 갈아 버렸다. 어느새 텃밭은 풀 한 포기 없이 생명력이 넘치는 땅으로 변신했다.

마지막으로 구멍 난 비닐하우스!

그런데 구멍이 난 곳은 한두 군데가 아닌 수백 군데였다.

콩쥐는 느낌이 왔다. 걱정하지 않았다.

짜잔! 하고 당연히 누군가 나타났다.

"저희들은 백설공주와 일곱 난쟁이에요." 난쟁이들이 콩쥐를 올려다보았다.

"일곱 난쟁이? 백설공주는 어디 있니?"

"백설공주는 콩쥐 누나잖아요!"

콩쥐는 얼굴이 붉어졌다. 속으로 인정했다.

난쟁이들의 도움으로 구멍 난 비닐하우스는 금방 막았다.

할 일을 모두 마친 콩쥐는 신데렐라 구두를 신고 시내로 달려갔다. 시내로 가려면 작은 다리를 건너야 했다. 시간이 촉박해서 서둘러 뛰었다. 하이힐이라 삐딱삐딱, 정말 불안했다. 처음 신는 새 구두라 뛸 때마다 무릎과 발목이 좀비처럼 꺾여 각기춤이었다. 마음만 파티장이었다. 게다가 다리 밑으로 세차게 흐르는 물을 보니 어지럽기까지 했다.

어이쿠!

그만 오른발을 접질리고 말았다. 그 바람에 구두가 벗겨져 다리 밑으로 떨어져 떠내려갔다.

"어머! 저 귀한 구두를!!" 콩쥐는 떠내려가는 구두를 쳐다만 보며 언밸런스하게 발을 동동 굴렀다.

할 수 없이 한쪽만 신은 채 절뚝거리며 파티 장소로 향했다.

한편 오랜만에 고향 땅을 밟은 막내 손자는 여전히 맑게 흐르는 시냇물을 보며 미소를 지었다. 그러다 물가에 반짝반짝 빛나는 구두가 눈에 띄었다. 다가가 보니 명품 신데렐라 구두였다.

물에서 꺼내 집으며 "음, 어쩐지 시냇물에서 발냄새가 난다 했더니만." 하며 비서에게 잘 보관하라 하며 모임 장소로 향했다.

먼저 도착해 있던 모녀는 여러 사람과 어울리며 키득키득거렸다. "우리가 장난을 좀 쳐 놔서 콩쥐는 여기 오려면 1박 2일이지!" 계모는 팥쥐를 보며 역시 키득거렸다.

다들 핼러윈 데이처럼 복장을 하고 자랑하며 뽐냈다. 모녀는 둘 다 오징어게임 복장을 하고 왔다. 굳이 오징어게임 복장을 안 해도 원래 오징어였고, 풍채 자체가 핼러윈이었다.

모두들 슬릭백 춤추기에 바빴다. 모녀도 이에 질세라 참여했다. 하지만 춤은 엉망 플러스 진창이었다. 마치 정육면체 주사위가 폴짝폴짝 뛰어다니는 것 같은 모양새였다.

다들 웃고 떠들고 있다가 한순간 웃음이 멈췄다. 콩쥐가 숨을 헐떡거리며 도착했는데 한쪽 구두만 신고 발을 질질 끌고 오는 것이었다. 머리는 풀어 헤쳐져 있고 발에는 피까지 흘러내렸다.

"네가 어떻게 여길!" 계모는 콩쥐를 보자 섬찟했다.

다른 사람들한테도 공포 그 자체였다.

"이거 핼러윈 콘셉트예요!" 콩쥐가 해맑게 웃었다.

"아, 그럼 그렇지!" 사람들은 완벽히 이해했다.

곧바로 총각 막내 손자가 도착했다. 얼굴빨, 슈트빨, 나무랄 데가 없었다. 다들 박수를 쳤다. 주최자로서 한 말씀 하라는 부추김에 마이크를 잡았다.

"아, 아, 마이크 테스트. 마이크 테스트. 에… 아… 어… 그러니까… 즐겁게 노세요!"

이게 끝이다.

짝짝짝!! 연설이 짧아서 기가 막힌다고 다들 칭찬을 했다.

막내 손자는 연설을 끝낸 후 한쪽 신발이 없이 피를 흘리는 콩쥐를 발견했다. 막내 손자는 눈치를 채고 비서를 시켜 주운 구두를 가져 오게 했다. 신겨 보니 딱 맞았다.

"이 아름다운 구두 주인이 당신이었군요." 막내 손자의 흐뭇한 미소가 얼굴 전체에 번졌다.

명품 구두 플러팅이 먹혔다. 콩쥐는 보답으로 모델 워킹 겸 삐끼삐끼 춤도 보여 주었다. 손자와 콩쥐는 이렇게 인연이 되어 둘은 썸을 타게 되었다.

"저게 팥쥐 네 신발이었어야 하는데." 계모는 얼굴이 붉으락푸르락하며 배 아파했다.

콩쥐는 인연을 맺어 준 신데렐라 구두를 아무도 몰래 꽁꽁 숨겨 두었다.

3

모녀는 콩쥐한테 주는 재산도 아까워 콩쥐를 없애려고 호시탐탐 기회만 노렸다. 얼마 후 음모를 꾸민 계모는 팥쥐에게 지옥의 다이어트를 시킨 다음 성형수술까지 시켰다. 팥쥐는 수술한 얼굴 부기가 덜 빠져 얼굴을 흰 붕대로 감았다.

그리고 어느 날 모녀는 콩쥐를 데리고 산으로 갔다.

"저 산에 가면 송이버섯이 많이 있어. 저거 팔아서 콩쥐 네 옷 한 벌 사 줄 테니 많이 채취해 봐. 명색이 모델인데 옷은 잘 입어야지." 계모는 친절을 베푸는 척했다.

콩쥐는 천지도 모르고 생기 넘치고 빛나는 눈빛으로 따라갔다. 가다가 중간에 연못이 있었는데 비가 온 뒤라 깊고 맑은 연못이 햇살에 반짝거렸다.

"잠시 여기서 쉬었다 가자. 연못이 참 맑기도 하지." 계모는 깊은 연못 속을 보며 음흉한 미소를 지었다.

"진짜 맑네요. 엄마! 붕대를 감아도 내 예쁜 얼굴은 연못 속에서도 빛이 나요. 물고기도 저한테 모여들었어요." 팥쥐도 고개를 숙여 연못을 봤다.

그냥 미라였다. 우웩!! 고기들은 폭탄 맞은 듯 흩어졌다.

"콩쥐 너도 예쁜 얼굴 비춰 봐." 팥쥐가 부추겼다.

"그래, 콩쥐야. 그동안 일만 한다고 예쁜 얼굴 못 봤잖아. 연못에 고개 숙여서 한번 보렴." 계모도 부추겼다.

콩쥐도 얼굴을 숙여 연못에 비춰 봤다. 연못 속 하늘에는 구름이 떠가고 새가 날아갔다. 바람이 살랑 불자 잔물결이 생기며 연못 속 얼굴이 살짝 일그러졌다. 근데 진짜 일그러진 두 얼굴이 뒤에 나타났다. 둘은 마귀 같은 미소를 지으며 콩쥐를 밀어 버렸다.

"어머!!"

풍덩!!

"살려 주세요!" 콩쥐는 허우적대며 손을 저었다.

"예쁜 얼굴 연못 속에서 실컷 보면 되겠네. 흐흐." 팥쥐는 콩쥐를 멀뚱히 구경만 했다.

계모는 혹시나 콩쥐가 연못가로 나올까 봐 나무 막대기를 들고 딱 서 있었다. 콩쥐는 자유형으로 팔을 휘저어 빠져 나오려고 했다. 하지만 앞에 모녀를 보고는 곧 포기했다. 허우적대며 살려 달라는 힘조차 없었다. 결국 힘이 빠져 돌 가라앉듯이 스르륵 물속에 잠기고 말았다. 허연 거품만 잠시 일렁이더니 곧 사라졌다.

"됐어. 성공이야!!" 팥쥐의 붕대 감은 얼굴이 들썩거렸다.

"좀 더 기다려 봐. 올라오면 후려쳐 주지. 내가 검도 좀 했거든." 계모는 막대기를 두 손으로 꽉 움켜쥐고는 연못만 쳐다보았다.

3분이나 지났다.

"오케이! 영원히 이 세상과 거리 두기 성공이다!! 이제 막내 손자 전화만 기다리면 돼." 계모는 막대기를 연못 속에 던져 버렸다.

그리고 바로 112에 신고했다. 현장엔 경찰이 도착했다.

"어이쿠야!" 경찰은 팥쥐 얼굴을 보곤 뒤로 자빠질 뻔했다.

피라미드 무덤에서 방금 탈출했는지 물어보고 싶었다.

"콩쥐가 어떻게 빠졌는지 보셨나요?"

"아니 글쎄, 우리가 저쪽에서 도토리를 줍고 있었지요. 근데 콩쥐는 못생긴 얼굴 본다고 연못에 고개 숙이려다 그만…. 자기 머리 무거운 줄 모르고 빠지고 말았어요. 수영도 못 하는 애라 우리가 바로 달려왔지만 이미 늦었어요. 흑흑!" 엄마가 울상이 된 얼굴로 설명했다.

경찰은 깊은 연못만 쳐다보며 눈만 멀뚱멀뚱했다.

"시체라도 꼭 건져 주세요. 장례라도 잘 치르겠습니다. 흑흑!" 팥쥐 연기도 일품이었다.

모녀의 연기는 칸 영화제 대상감이었다.

"알겠습니다. 시신을 건지면 연락드리겠습니다." 경찰은 둘을 달래서 집에 보냈다.

다음 날, 사건의 지평선 너머로♪ 노래가 울려 퍼졌다.

계모는 바로 전화를 받았다. 그런데 계모 얼굴색이 새파랗게 질리더니 볼살과 뱃살이 요동쳤다.

"네? 시체가 없다니요? 이 무슨 (여자)아이들이 퀸카 안 부르고 킹카 부르는 소리예요!! 우리가 분명 뒤에서…." 계모는 아차 싶었는지 입을 다물었다.

"뒤, 뒤에서 뭐요?" 경찰은 전화기를 귀에 바짝 갖다 대며 그다음 말을 기다렸다.

"아니, 아니, 뒤에서 봤는데 연못에 빠졌단 말이에요!"

모녀는 서로 얼굴만 쳐다보며 눈알 초점이 흔들렸다.

"연못이라 떠내려갈 데도 없는데 이상하네요." 경찰도 괴이한 현상에 눈알 초점이 흔들렸다.

이 사건의 지평선 너머로 뭐가 있는 거지?

결국 사건은 미궁으로 빠지고 말았다.

4

시체를 찾지 못해 장례는 미룰 수밖에 없었다. 모녀는 콩쥐 유품을 정리하며 휴대폰만 남겨 두었다. 재벌 막내 손자한테 전화가 오기만을 기다렸다. 해외에 나가 있던 손자는 가끔 콩쥐와 전화로 데이트를 하곤 했다.

드디어 막내 손자한테서 전화가 왔다. 팥쥐가 받았다.

"여보세요."

"코, 콩쥐 맞아요? 목소리가…."

"아, 요즘 제가 미스트롯 나갈 연습한다고 목에 성대결절이 왔어요." 팥쥐는 어쩌고저쩌고하며 콩쥐 행세를 했다.

막내 손자는 결혼해서 다 같이 해외에 같이 살자고 했다. 이 소식을 들은 계모는 얼씨구나 춤을 추었다. 해외로 가면 콩쥐 사건도 묻히고 자신들 신변도 안전하니 금상첨화였다. 조만간 막내 손자가 국내로 들어와 콩쥐네 가족을 데려가기로 약속을 했다. 그동안 모녀는 해외에 나갈 준비를 했다.

그러던 어느 날 콩쥐 휴대폰에 또 전화가 울렸다. 「어푸어푸 수영장」이라고 떴다. 모녀는 의아해하며 스피커폰으로 하고 계모가 받았다.

"콩쥐 고객님, 어푸어푸 수영장인데 요즘 왜 안 나오세요?"

"수영장요? 아, 우리 콩쥐가 몸이 안 좋아서 당분간 못 갈 거예요." 그러고는 그냥 끊으려다 묘한 기분이 들어 직원에게 물었다. "콩쥐가 수영장을 언제부터 다녔죠?" 모녀는 서로를 쳐다보며 불길한 기분에 휩싸였다.

"한두 달쯤 됐어요. 자유형은 어느 정도 다 됐는데…. 다음은 평영 배울 차롄데 아쉽네요."

"그럼 콩쥐가 물에 빠져도, 아니, 물에서 수영은 할 수 있겠네요?" 두 모녀는 입술이 떨렸다.

"네. 그렇겠죠."

전화를 끊고 모녀는 많은 생각이 스쳐 갔다.

"엄마, 그럼 설마 콩쥐가 살아 있는 거 아냐?" 붕대 속 얼굴이 떨렸다.

"그럴 리가 없어! 수영을 할 수 있어도 연못에서 나오는 걸 못 봤잖아. 연못이 고여 있어서 다른 데로 갈 수도 없단 말이야."

"그럼 잠수를 오랫동안 하다가 우리가 가고 나서 다시 나왔을 수도 있잖아?"

"말도 안 돼! 우리가 3분 넘게 있었잖아. 보통 사람은 잠수를 1분도 채 못 해. 콩쥐가 제주 해녀가 아닌 이상 3분 이상 잠수는 불가능해."

역시 미궁으로 빠졌다.

도대체 콩쥐는 어떻게 된 거지?

계모는 눈동자가 떨렸다.

그날 밤 모녀가 자고 있는데 방문이 스르르 열리더니 누군가 나타났다. 머리를 감지 않은 스트레이트파마에 더러운 흰 소복, 게다가 입에는 날카로운 칼을 물었다. 귀신이었다.

드르렁, 드르렁!

모녀는 코까지 골며 꿈나라였다.

귀신은 발로 둘을 툭툭 치며 깨웠다.

"엄마, 팥쥐야, 일어나세요." 전설의 고향 버전이었다.

그러자 계모가 잠시 눈을 떴다. 앞을 봤다. 비몽사몽이었다.

"흐억!" 엄만 눈이 동그래지고 입도 쩍 벌려 아무 말도 하지 못했다.

귀신은 칼을 입에 문채로 계모를 째려봤다.

"이런! 내가 귀신 꿈을 꾸었구나. 재수 없게!!" 엄만 다시 자 버렸다.

귀신은 다시 계모 허벅지를 발로 찼다. 로우킥이었다.

퍽!!

윽!!

그제야 계모는 정신이 들어 깼다. 그 소리에 팥쥐도 깨며 흐르는 침을 닦았다.

"너, 넌 콩쥐?" 팥쥐는 계모를 끌어안았다.

"왜 그랬어요? 나한테 왜 그랬냐고요?" 칼을 문 콩쥐 귀신 입가엔 시뻘건 피가 흘러내렸다. 그리고 입에 문 칼을 오른손으로 쥐고는 위에서 내려치려고 했다.

"우리가 죽을죄를 지었다. 살려 줘!!"

모녀는 손을 비비며 울먹였다. 계모 볼살과 팥쥐 미라 붕대가 덜 덜 떨렸다.

"난 당신들을 진심으로 가족처럼 대했다고요. 흑흑! 재산 때문에 절 죽인 거 맞죠? 제가 죽으면 사망보험금도 나올 테고요."

칼을 들고 흐느끼니 더 소름이 돋았다.

"그, 그래. 제발 살려 줘. 장례는 잘 치러 줄 테니 목숨만 살려다오, 얘야." 계모는 손바닥 지문이 닳도록 또 빌었다.

"그럼 당장 경찰서 가서 자수하세요. 그리고 장례는 잘 치러서 제 억울한 혼이 하늘로 올라가게 해 주세요. 그렇지 않으면 밤마다 찾아와서 괴롭힐 거예요." 콩쥐 귀신은 칼끝을 모녀 앞으로 내밀었다.

"그, 그래 걱정 마라. 자수도 하고 하라는 대로 다 할게. 제발!!" 계모는 귀신 치맛자락을 잡고 늘어졌다.

"마지막으로 믿어 볼게요. 제 말 명심하세요." 콩쥐 귀신은 뒤로 물러나며 문을 닫았다.

모녀는 뜬눈으로 밤을 지샜다.

"엄마, 나 무서워요. 빨리 자수하러 가요." 팥쥐의 미라 붕대는 눈물로 흠뻑 젖었다.

"뭘 자수? 지금 막내 손자한테 전화해서 최대한 빨리 공항으로 우릴 데려오라 그래. 그리고 해외에서 쭉 살면 돼. 어차피 우리가 했다는 증거도 없잖아. 귀신이 해외까지는 못 쫓아오지. 왜냐하면 귀신은 비자 발급이 안 되거든." 계모는 심술보가 큰 만큼 대범했다.

팥쥐는 당장 막내 손자에게 전화했다.

잠시 후, "내일 저녁에 오기로 했어요. 엄마!" 팥쥐가 붕대가 풀릴 만큼 함박웃음을 지었다.

"좋았어!"

다행히 완전범죄의 길이 열렸다. 팥쥐는 붕대를 풀고 예쁜 얼굴에 만족해했다.

"역시 성형수술은 인조인간 성형외과가 최고야!"

5

계모와 팥쥐 모녀는 다음 날 저녁에 짐을 챙겨 공항으로 나갔다. 막내 손자가 멋진 모습으로 마중 나와 있었다.

"오! 콩쥐가 더 예뻐졌군요." 손자는 어머님께 인사를 하고 성형수술 한 팥쥐를 쳐다보았다. 겉만 보면 감쪽같았다.

"근데 팥쥐는요?"

"팥쥐는 대학 마칠 동안 국내에 있을 거라고 했으니 걱정 안 해도 돼요." 계모는 주위를 한번 둘러보며 말했다.

"아, 네. 우리 공항에서 기념사진 찍고 출발해요. 인스타에 올릴 거예요."

모녀는 멋진 포즈를 취했다. 막내 손자가 휴대폰을 꺼내더니 하나, 둘, 셋, 찰칵!

그러나 그다음 소리는 철커덩!

"팥쥐와 팥쥐 어머님을 살인미수죄로 긴급 체포합니다." 언제 왔는지 경찰이 수갑을 채웠다.

"이, 이 무슨 짓이오? 살인이라뇨?" 막내 손자는 모녀와 경찰을 번갈아 보며 어리둥절해했다.

그리고 앞에는 진짜 콩쥐가 걸어왔다. 모델다운 멋진 패션에 멋진 워킹이었다.

"코, 콩쥐 귀신?" 계모와 팥쥐는 입을 다물지 못했다.

"귀신은 무슨 귀신? 전 이렇게 멀쩡히 살아 있어요." 콩쥐는 독한 마음을 먹었는지 얼굴에 웃음기가 싹 사라졌다.

막내 손자는 눈알을 왔다 갔다 하며 콩쥐 두 명을 번갈아 보았다.

"어찌된 거예요?" 손자는 연거푸 번갈아 보며 눈을 껌뻑거렸다.

"방금 온 이 여자는 가짜 콩쥐예요!" 계모는 진짜 콩쥐를 손으로 가리키며 소리쳤다.

"마, 맞아요. 제가 더 예쁘니까 제가 콩쥐예요!" 팥쥐는 안 놀라는 척 귀밑머리를 올리며 말했다.

"아닙니다, 손자님. 제가 진짜입니다." 콩쥐는 모녀를 흘겨보았다.

막내 손자는 여전히 어리둥절했다.

"그럼 이 구두를 신어 보면 되죠." 콩쥐는 숨겨 놓은 구두를 가져와서는 팥쥐에게 내밀었다.

팥쥐는 다이어트한 몸이라 자신만만했다. 구두를 뺏듯이 낚아채고 신어 보았다.

그런데 작았다. 억지로 쑤셔 넣었다.

"구두 터지겠네! 발가락이 숨 막혀 죽겠어!" 진짜 콩쥐가 웃었다.

"아무리 다이어트를 해도 발 길이는 다이어트가 되지 않지요." 경찰도 킥킥 웃었다.

이번엔 콩쥐가 신었다. 딱 맞았다.

막내 손자는 그제야 얼굴에 긴장을 풀었다.

"저 팥쥐가 제 얼굴로 성형수술을 했어요!" 콩쥐는 구두를 신은 채 자신 있게 한 바퀴 돌았다.

삐끼삐끼 춤도 보여 주며 승리를 굳혔다.

"당신이 진짜 콩쥐 맞군요!" 막내 손자는 콩쥐 손을 잡았다.

진실이 드러났다. 경찰은 콩쥐와 막내 손자를 보며 마무리 지으려 했다.

하지만 팥쥐 엄만 빨리 머리를 굴렸다.

"그래서 뭐? 어쩌라고! 성형수술 한 거 하고 살인하고 무슨 관계요? 무슨 증거로 수갑을 채운 거요. 빨리 풀어 줘!" 계모는 악을 썼다.

"그래요! 우리가 죽였다는 증거 있어요?" 팥쥐도 악을 썼다.

"증거? 여기 있지요." 콩쥐는 호주머니에서 소형 녹음기를 꺼내 틀었다.

그저께 귀신 분장하고 찾아갔을 때 자백하는 내용이었다.

이럴 수가! 모든 게 끝났다!

팥쥐는 얼굴이 다시 굳어 버렸다.

하지만 계모는 또 달랐다.

"하하하!!" 계모는 공항이 울릴 만큼 웃었다. "위협이나 협박으로 인한 녹음은 증거로 채택되지 못하는 걸 모른다 말이냐? 내가 이래 봬도 법대 출신이니라. 귀신 복장을 하고 칼로 협박했으니 증거가 되지 않지. 어디서 거짓 증거를 들이대느냐? 증거재판주의에 어긋나지!" 계모는 콩쥐와 경찰을 노려보며 해 볼 테면 해 봐라는 식이었다.

이번엔 경찰과 콩쥐가 얼굴이 굳어 버렸다.

"어서 수갑이나 풀어라!" 계모는 수갑 찬 손을 경찰 앞에 당당히 내밀었다.

팥쥐도 흥! 하며 콩쥐를 노려보곤 수갑 찬 손을 내밀었다.

경찰은 담담하게 다가갔다. 수갑 찬 손을 잡았다.

"윽!!" 계모 얼굴이 찌그러졌다.

경찰이 더 꽉 채워 버렸다.

"이 바봉, 멍충이 폴리스가! 방금 내가 말할 때 정신이 안드로메다 가 있었냐?" 계모는 잡아먹을 듯 경찰을 노려보았다.

"자! 한 말씀 하시죠. 사냥꾼님." 경찰이 저쪽에서 쭉 지켜보고 있던 사냥꾼을 쳐다보았다.

그제야 사냥꾼이 한발 나섰다. 돼랑이 꽃사슴을 잡으러 다니던 그 사냥꾼이었다.

사냥꾼은 휴대폰을 켜더니 모녀에게 보여 주었다. 휴대폰 동영상을 보는 순간 모녀는 입을 다물지 못한 채 얼굴이 시멘트처럼 굳어 버렸다.

그 동영상은 모녀가 콩쥐를 뒤에서 미는 장면이었다.

"아니, 아니, 이건 우리가 아냐. 조작한 거야!" 계모는 믿을 수가 없었다. 아니 믿기 싫었다.

"내가 여태까지 그 난폭한 사슴을 잡지 못해 고민을 했지. 그래서 얼마 전 연못 근처 큰 나무 위에 CCTV를 설치했어. 그 옆에는 덫도 설치했지. 사슴이 연못에 물 마시러 올 것 같았거든. 덫을 확인한다고 며칠 전 폰으로 CCTV를 보니, 아! 글쎄 이게 찍혔더군. 사슴 대신 살인자를 잡았지 뭐야! 하하하!" 사냥꾼은 자랑스럽게 확대

해서 보여 주었다.

"이런 걸 전문용어로 빼박캔트라 부르지요." 경찰은 둘을 서둘러 끌고 갔다.

경찰 조사 과정에서 모녀는 의도적으로 재산 많은 돌싱들한테 접근한 것을 알았다.

그리고 경찰은 마지막으로 조용히 충고 한마디를 했다.

"아무리 돈이 최고라고 하나 절대 잊어서는 안 될 게 있지요. 바로 인륜(人倫)의 도리는 절대 저버려서는 안 되지요. 인륜이라는 이 단어는 과거 수천 년 전에도, 미래 수천 년 후에도 유효 기간이 없는 소중한 도리지요."

그 후 콩쥐와 막내 손자는 결혼해서 해외로 가서 살았다. 둘 사이에 자식이 없어 고민이었지만 나중에 입양하기로 마음먹고 행복하게 살았다.

못다 한 이야기

「돌싱결혼정보회사」 간판이 커다랗게 보였다.

"사장님, 이번에도 돈 많은 남자 부탁해요. 호호호!" 계모는 돈다발을 내밀었다.

"다 준비됐습니다. 최만춘이라고 비닐하우스와 텃밭이 있는데 나중에 개발된다는 소문이 있어요. 금싸라기 땅이에요."

"최만춘 씨, 여기 팥쥐라는 딸을 둔 돈 많은 여자가 있어요. 저희 결혼정보회사에서 두 분 사주도 미리 봤는데 천생연분이라 나왔어요. 아주 잘 산대요."

어느 더운 여름날 계모가 비닐하우스로 가 보니 남편이 옆으로 쓰러져 있었다. 요즘 폭염으로 온열질환 사망 사고가 있다는 뉴스가 떠올랐다.
119에 신고하려다 마음을 바꿨다.
그래! 하늘이 도와주는구나!
남편을 똑바로 눕혔다. 햇볕은 투명한 비닐하우스를 뚫고 쓰러진 남편 얼굴을 정면으로 때리듯이 내리쬐었다. 광합성의 끝을 보여주었다.
몇 시간이 지나니 최만춘은 영원히 깨어나지 못했다.

* * *

콩쥐는 자유형으로 팔을 휘저어 빠져나오려고 했다. 하지만 앞에 모녀를 보고는 곧 포기했다. 허우적대며 살려 달라고 말할 힘조차 없었다.
몇 초 동안 많은 생각을 했다.
빠져나가 봤자 죽을 게 뻔했다. 수영을 배웠으니 어떻게든 방법이 있겠지 하며 일단 잠수하기로 했다.
숨을 한껏 들이마신 다음 힘이 빠져 물속에 잠기는 척했다. 깊게 잠수했다.
 깊은 물속에서 팔다리를 휘저어 최대한 모녀한테 멀리 떨어지려 했다.
 연못 가장자리로 가서 몰래 고개를 내밀어 숨을 쉬면 될 거야.
 모녀가 보이지 않는 연못 가장자리까지는 십여 미터. 너무 멀었다. 물 밖에서 자유형이면 금방 가겠지만 물속에서는 무리였다. 중간쯤 갔지만 더 이상 숨을 참을 수가 없었다. 이대로 올라가면 역시 죽은 목숨이다. 그래도 꾹 참고 연못 물을 마셔 가며 팔다리를 휘저었다. 거기까지였다. 더 이상 참지 못하고 얼굴을 물 밖으로 내밀려고 했다. 올라가서 모녀한테 죽을 걸 생각하니 머릿속이 캄캄했다. 어쩔 수 없는 선택이다. 얼굴을 연못 위로 내밀려는 찰나!
 "으헉!! 으그러러럭!!" 다시 물을 마시고 잠수했다.
 누군가 밑에서 다리를 잡아당겼다. 물귀신인가 싶었다.
 콩쥐는 온몸을 배배 꼬며 가라앉았고, 입에서는 거품이 튀어나왔다.
 아이고! 가련한 내 인생. 이래나 저래나 억울하게 죽는구나! 하며 그대로 정신을 잃었다.

 다음 날 눈을 떴다.
 여기가 저승?
 저승일 리가 없다. 눈 위로 어제 본 그 하늘과 구름이 보였다. 고개를 돌려 주변을 살폈다. 모녀는 없었다.
 "선녀가 안 내려오니 콩쥐 네가 오는구나!"
 바로 앞에는 화이트 콘셉트의 산신령이 지팡이를 짚고 떡하니 서 있었다.
 "역시 이 산소통이 쓸모가 또 있었구나! 연못 밖으로 나가면 죽을 것 같아 내가 잡아당겼느니라."

"고맙습니다. 흑흑흑!"

콩쥐는 처량한 신세에 눈물을 흘리고 코를 훌쩍거렸다. 잠시 후 뭔가 결심한 듯 눈물을 멈추고 주먹을 꽉 쥐었다.

"콩쥐야, 며칠 여기서 쉬면서 어떻게 할지 생각해 보자. 여기 남은 영지버섯으로 몸보신 좀 하면 기력이 회복될 거야." 산신령은 영지버섯을 내밀었다.

"어떻게 날 죽이려 할 수가 있죠?" 콩쥐는 배신감에 치가 떨렸다. 꽉 쥔 주먹도 떨렸다.

그러면서 콩쥐는 이미 영지버섯을 우적우적 씹고 있었다.

"이제 너도 세상 물정에 눈을 떠야 한다. 네 권리는 네가 찾아야 한다. 저런 못된 모녀는 법적 처벌을 받아야 해. 그러려면 너도 마음 단단히 먹고 살아야 한다. 이번에 처벌을 받게 해야 또 다른 피해자가 안 생기거든." 산신령은 수염을 쓸어내리며 훈계했다.

"그럼 지금 112에 신고해서 고발할 거예요. 더 이상 참을 수가 없습니다." 영지버섯을 꿀꺽 삼키듯 목구멍으로 넘기며 말했다.

"그건 안 된다. 신고하더라도 그 못된 모녀가 딱 잡아떼면 어떡할 거냐? 본 사람도 없고 증거도 없어. 재판의 기본 원칙이 증거재판주의라서 안 돼. 자기들이 밀지 않았다고 말할 게 뻔해."

"그럼 어쩌죠?"

"스스로 자백하게 만들어야지. 그러니까, 귀신놀이 좀 하자."

"귀신놀이요?"

그러고 보니 콩쥐 앞에 흰옷, 칼, 케첩, 소형 녹음기가 놓여 있었다.

콩쥐는 독하게 마음을 고쳐먹었다. 며칠 뒤 작전은 그렇게 시작되었다.

제3장

21세기 해님 달님이 된 오누이

1

　　뉴스 속보입니다. 동물원에서 호랑이가 탈출했다고 합니다. 며칠 굶은 결식 호랑이니 조심하시기 바랍니다. 신고자와 생포자에겐 많은 현상금이 있다고 합니다.

　떡장수 엄마는 초등학교 6학년 딸, 3학년 아들과 떡방앗간을 하며 옥산동이라는 달동네에 살았다.

　1층은 방앗간이고 2층은 옥상 겸 작은 옥탑방이었다. 자식 둘은 그냥 '흔한 남매'였다. 가난해서 좋은 집은 꿈도 못 꾸었다. 동생은 방앗간과 옥탑방도 마음에 안 들고 동네도 달동네라 싫었다. 여긴 유난히 폐지 줍는 노인들이 눈에 띄었다.

　1층 방앗간 미닫이문을 열면 바로 옆에 큰 플라스틱 대야가 있었다. 거기에는 물이 가득했다. 맞은편 정면 벽에는 분쇄기가 위엄 있게 자리 잡고 있었다. 분쇄기 위쪽으로 쌀이나 곡물을 넣으면 갈려서 그 가루가 밑으로 나왔다. 분쇄기 옆 바가지에는 잘 빻아 놓은 붉은 고춧가루가 가득했다. 보기만 해도 콧구멍을 간지럽히는 것 같아 재채기가 나올 지경이었다.

위이잉! 덜덜덜!

동생은 분쇄기에서 이런 소리가 날 때마다 귀를 막고 고함을 치고 싶었다. 분쇄기가 큰 입을 벌리고 모든 걸 집어삼켜 갈아 버릴 때 소름이 돋았다. 그래서 방앗간엔 잘 들어가지 않았다.

"방앗간 시끄러운 소리가 난 싫어!" 동생은 투덜댔다.

"방앗간 때문에 우리가 먹고살고 있는 거야. 고마워해야 돼." 엄마는 좋게 달랬다.

"난 폐지 줍는 노인들이 싫어!"

"그런 말 하면 안 돼. 우리와 같은 사람이야. 서로 존중해야 돼. 쓸모없는 사람은 없어." 엄마는 평상시 사람이건 물건이건 다 쓸모가 있다는 좌우명을 가지고 살아왔다.

"저 재수 없는 까마귀!" 동생은 옥상 위에서 맴도는 까마귀를 보며 역시 투덜댔다.

엄마는 망개떡, 찹쌀떡을 작은 손수레에 담아 아랫동네 시장에 팔았다.

"학교 갔다 오면 문단속 잘하고 있어."

집 열쇠는 옥탑방 문 앞 화분 밑에 숨겨 두었다.

"어차피 우리 집은 훔쳐 갈 것도 없는데 뭐. 히히." 동생은 해맑게 웃었다.

엄마는 매일 아침 일찍 나가서 해가 져서야 돌아오곤 했다. 남매는 학교 갔다 오면 엄마가 오실 때까지 집 안에 있었다. 철없는 동생은 휴대폰도 없어 브롤스타즈와 쿠키런 게임도 못 한다며 입이 삐죽 나왔다.

철 있는 누나는 "휴대폰은 공부에 도움이 안 돼." 하며 동생을 달랬다.

동생은 맛있는 것도 못 먹어서 둘 다 말랐다고 또 투덜댔다.

누나는 "어차피 어른 되면 다이어트하는 사람이 많아. 우린 복받은 거야."라며 또 달랬다. 철없는 동생과 다르게 누나는 지혜로웠다.

옥탑방 바깥 출입문 옆에는 고장 난 큰 냉장고가 자리를 차지했다. 바깥바람이 매서웠는지 녹이 슬고 표면이 벗겨져 볼품이 없었다. 동생은 버려진 냉장고를 툭툭 발로 차곤 했다.

"엄마, 이 냉장고는 자리만 차지하니까 빨리 갖다 버리자." 동생은 안 그래도 옥상이 좁은데 출입문 옆에 냉장고가 거슬렸다.

"버리는 것도 돈 들어. 살림에 필요할 수 있으니 그냥 두면 돼. 다 쓸모가 있단다."

엄마는 좁은 방 안에 두기 힘든 물건들을 버려진 냉장고 안에 넣어 두었다. 큰 서랍처럼 사용했다. 하지만 동생한테 냉장고는 쓸데없이 자리만 차지하는 불법 거주자였다.

어느 날 밤 동생은 냉장고를 또 발로 툭툭 차며 괜한 시비를 걸었다. 시비에 응답이 없자 뒤로 몇 걸음 물러서더니 "이단 옆차기!" 외치며 냉장고 윗부분을 머리통인 양 차 버렸다.

쿠쿵!!

천둥 같은 소리가 나더니 냉장고는 시멘트 바닥에 K.O되고 말았다. 그다음이 문제였다. 하필 냉장고가 쓰러지면서 출입문을 막아 버렸다.

소리에 놀란 엄마와 누나가 밖을 나와 보려고 문을 열었지만 헛수고였다.

퍽! 퍽!

문이 냉장고에 부딪히는 소리만 요란했다. 냉장고 안에 물건들이 들어 있어서 더욱 움직이질 않았다. 집 안에 갇혀 버렸다.

 엄마는 화장실에 가서 작은 창문을 떼어 내더니 딸한테 나가라고 했다. 나가서 동생과 함께 냉장고를 치우라고 했다. 화장실 창문은 몸집 작은 딸이 나갈 수 있는 크기였다. 딸은 도둑이 담 넘듯이 낑낑대며 나갔다.

 "내가 마른 것도 쓸모가 있네."

 동생과 함께 역시 낑낑거리며 냉장고를 다시 세웠다.

 그날 동생은 엄마와 누나한테 1년 치 욕을 먹었다.

 동생은 "이 쓸모없는 냉장고! 너 때문에 되는 게 없어!" 하며 애꿎은 냉장고에 화풀이했다.

2

 그날도 엄마는 떡을 팔고 저녁에 집으로 오는 길이었다. 달동네로 가려면 고갯길을 하나 넘어야 했다. 교통비마저 아까워 운동 삼아 항상 걸어가곤 했다. 다행히 보름달이 지친 엄마의 발걸음을 비춰 주었다. 팔다 남은 떡 몇 개도 지친 듯 소쿠리 바닥에 달라붙었다.

 슈슈슉! 쏙쏙!

 그때 풀숲 어디에서 불길한 소리가 났다.

 혹시 호랑이?

 심장이 두근거리다 못해 4분의 4박자 춤을 추었다. 주위를 둘러보니 풀숲 나무 밑 광경에 눈이 휘둥그레졌다.

 풀숲 바닥에 아기 까마귀가 입을 벌리고 있고, 그 옆엔 능구렁이가 혀를 날름거렸다. 바로 그 위엔 어미 까마귀가 날개를 파닥거렸다. 능구렁이와 맞짱 뜰 폼이었다. 아기 까마귀가 나무 위 둥지에서 떨어진 모양이었다.

어미 까마귀가 뾰족한 부리로 선빵을 날렸다. 능구렁이는 잽싸게 머리를 돌려 피했다. 능구렁이도 요리조리 움직이며 어미를 향해 대가리를 들이밀었다. 어미는 전진과 후진을 반복하며 틈을 노렸다. 능구렁이는 어미가 물러날 때면 아기 까마귀를 잡아먹으려고 했다. 그럴 때마다 어미는 여지없이 부리로 대가리를 공격했다. 둘이 원 투 스트레이트 치고받길 반복했다. 지켜보는 엄마에겐 웬만한 종합격투기보다 실감 나는 경기였다. 보름달도 옅은 조명을 비추며 실시간 무료 관람을 했다.

그러다 퍽! 능구렁이가 어미 까마귀 왼쪽 싸대기를 쳐 버렸다. 어미는 5미터쯤 날아가 바닥에 나뒹굴었다. 바로 능구렁이는 아기 까마귀한테 입을 크게 벌리고 돌진했다. 아기 까마귀는 능구렁이가 엄만 줄 알고 같이 입을 벌렸다. 능구렁이 큰 입이 아기 까마귀를 감싸려는 순간!

퍽! 능구렁이 입안엔 아기 까마귀 대신 찐덕찐덕한 게 박혔다. 능구렁이는 그대로 뒤로 나뒹굴고는 숨을 헐떡거렸다.

켁! 켁!

찐덕찐덕하면서 달달했다. 이게 말로만 듣던 탕후루?

뱀은 목이 막혀 배배 꼬면서도 달달함에 반해 버렸다.

"내가 한때 여자 야구단 동호회 투수였지." 엄마는 찹쌀떡 하나를 더 집었다.

어미 까마귀도 정신을 차리고 뱀을 다시 쪼아 댔다. 켁켁거리며 숨도 제대로 못 쉰 능구렁이는 까마귀의 공격에 대가리를 흔들어 젖혔다. 결국 풀숲으로 스르륵 사라졌다.

아기 까마귀는 천지도 모르고 먹을 걸 달라고 입만 벌렸다. 엄마는 소쿠리에서 떡 한 덩이를 떼어 내 옆에 두며 자리를 피했다. 아기 까마귀는 자기 몸집만 한 떡을 물었다. 어미 까마귀도 떡을 물고는 날갯짓을 했다. 그랬더니 떡과 함께 아기 까마귀도 딸려서 날아올랐다. 일석이조였다.

나무 위 둥지에서 다른 아기 까마귀들과 맛있게 떡을 조물조물 잘도 먹었다.

"내 떡이 맛있긴 맛있나 봐. 「생활의 달인」에서 왜 연락이 안 오는지 몰라."

엄마는 그제야 안심을 하고 손수레를 다시 끌었다.

그런데 뒤에서 어미 까마귀가 자신을 향해 돌진하고 있는 게 아닌가? 너무 맛있어 떡을 훔치러 오나 싶었다.

은혜도 모르는 배은망덕한 녀석!

엄마는 이번엔 망개떡을 오른손에 집어 들고는 투구 폼을 잡았다. 하지만 까마귀는 엄마 머리 위에서 한 바퀴 빙 돌더니 다시 둥지로 날아갔다. 엄마는 미소를 지었다. 까마귀가 하트 모양을 그린 것이다. 엄마는 기분 좋게 집으로 가서는 애들에게 온몸을 써 가며 실감 나게 들려주었다.

남매는 "레알? 실화냐?" 하면서 박수를 쳤다.

3

한편 동물원에서 탈출한 호랑이는 산속을 어슬렁거렸다. 그때 저기서 급히 뛰어오는 다른 호랑이를 발견했다. 너무 반가웠다. 그동안 동물원 우리 속에만 있던 호랑이를 보다가 야생 호랑이를 보니 기분이 신선했다. 겉모습도 좀 달랐다.

탈출한 호랑이를 본 짐승은 급히 멈추더니 어쩔 줄 몰라 했다.

호랑이는 동족 친구를 아래위로 훑었다.

"헤이! 친구, 반가워!" 탈출한 호랑이는 오른발을 들어 해맑게 인사했다.

"??" 짐승은 여전히 눈을 휘둥그레 뜬 채 아무 말도 하지 못했다.

"진짜 산속의 호랑이는 이렇게 생겼구나! 근데 너도 다이어트 좀 해야겠어." 탈출한 호랑이는 신기했는지 입을 쫙 벌려 짐승을 이리저리 훑어보았다.

앞의 짐승은 여전히 눈알 초점을 맞추지 못하고 멀뚱멀뚱 쳐다만 보았다.

탈출한 호랑이는 짐승한테 「떡 하나 주면 안 잡아먹지!」 방앗간 위치와 동물 다이소 위치까지 알아내고 뛰어갔다.

어려서부터 동물원에만 갇혀 살았으니 돼랑이 꽃사슴을 알아채지 못한 것이다.

다음 날 저녁, 엄마는 떡이 남은 채 집으로 돌아오는 고갯길이었다. 발걸음은 무거웠다. 보름달도 지쳤다.

처벅처벅! 쓰윽쓰윽!

어제와 다른 묵직한 소리였다. 엄마 심장이 조금씩 빨라졌다.

풀숲이 많이 흔들리더니 사슴뿔이 왔다 갔다 했다.

휴~ 난 또, 호랑인 줄 알았네.

뛰려던 심장이 안정을 되찾았다.

그러나 BUT!

사슴뿔만 고무줄로 머리에 두른 진짜 호랑이였다. 길게 늘어진 흰 수염의 호랑이가 어슬렁거리며 고갯길을 막았다. 다이어트를 심하게 한 홀쭉한 호랑이였지만 인상만큼은 잡아먹을 듯이 무서웠다. 엄만 몸이 굳어 버렸다.

"떡 하나 주면 안 잡아먹지!" 하나도 안 웃기는 전형적인 멘트였다.

"여, 여기 쉰 떡 몇 개밖에 없어요." 엄마는 떨리는 목소리로 눈도 마주치지 못했다.

"괜찮아." 호랑이는 남은 떡 세 개를 한 번에 낚아채듯 집었다.

호랑이는 다이소 사슴뿔을 벗어 던지고는 입속에 한 번에 넣었다. "음냐, 음냐." 꿀꺽 삼켰다.

"윽!" 호랑이가 갑자기 목을 할퀴듯이 잡았다.

옳거니! 급하게 먹어서 목에 걸렸나 보다. 어서 죽어라!

엄마는 고개를 들어 호랑이를 슬쩍 쳐다보았다.

"너~~무 맛있어!" 호랑이는 주먹으로 가슴을 치며 마저 삼켰다. "조만간 「생활의 달인」에 나오겠는데. 또 내놔!" 호랑이는 털이 수북한 손 아니, 발을 내밀었다.

"이, 이젠 없어요." 엄만 기어들어 가는 목소리였다.

"그럼 할 수 없지." 호랑인 혓바닥으로 입에 묻은 떡가루를 훑었다.

"목숨만 살려 주세요. 집에 애 둘이 있어 제가 없으면 굶어 죽어요." 엄마 눈엔 눈물이 가득했다.

"뭐! 애 둘이 있다고! 잘됐네. 애들까지 잡아먹어야겠다. 후훗!" 호랑이는 또 한 번 혀를 내밀어 입맛을 다셨다.

아차! 실수했구나!

엄마는 머릿속에서 잔꾀를 짜냈다.

"잠깐! 저를 살려 두면 이 떡을 평생 먹게 해 줄게요. 저를 잡아먹으면 오늘 하루만 배부르지만 저를 살려 두면 평생 배부를 겁니다."

호랑이는 '평생'이란 말에 귀가 움찔했다. 또한 엄마 몰골을 보아하니 삐쩍 말라서 애들도 볼품없을 거라 확신했다.

"근데 당신 말을 어떻게 믿지? 도망가면 그만이잖아!" 호랑이는 의심의 눈초리로 쏘아보았다.

"아니에요. 전 매일 여길 지나간답니다. 매일 떡을 팔아야 살 수 있어요. 진짜예요."

"음… 좋은 방법이 있지. 그럼 지금 같이 집에 가 보자. 미리 집을 알아 놓고 날 배신하면 집을 찾아가 쑥대밭을 만들 거야." 호랑이는 눈을 크게 치켜뜨며 위협했다.

엄만 일단 살기 위해 그렇게 하기로 하고 집으로 가면서 생각을 했다.

떡에 수면제를 넣어 먹여서 재운 다음 생포하면 현상금이 어마어마할 것이다!

혼자 해야 현상금을 다 가질 수 있어서 아무에게도 알리지 않았다.

"내일 아침 뜨끈뜨끈한 떡을 가져와!" 호랑이는 집을 확인한 다음 몇 번이나 다짐을 받고 돌아왔다.

4

다음 날 아침, 엄마는 수면제를 넣은 떡을 가지고 고갯길로 향했다. 남매한테는 걱정할까 봐 아무 말도 하지 않고 문단속 잘하라고 일러두었다. 고갯길에 다다르자 호랑이가 나타났다. 엄마는 자신 있게 떡을 보여 주며 먹어 보라고 했다. 허연 김이 모락모락 나는 먹음직한 떡들이 가득했다.

호랑이는 함박웃음을 지으며 뜨끈뜨끈한 떡에 코를 비비듯이 갖다 댔다.

"으음~ 좋아! 이번에 쉰 떡이 아니고 아주 싱싱하구나!" 호랑이는 콧구멍을 벌렁거리며 뜨끈한 김을 쑤욱 들이마셨다.

하지만 곧 정신을 차리고는 엄마를 쳐다보았다. 엄마도 호랑이 눈치를 보며 슬쩍 쳐다보았다. 떨리는 다리를 애써 진정시켰다. 심장 박동 소리는 바깥에 울리는 듯했다.

"뭐 해?" 호랑이가 엄마를 빤히 쳐다보았다.

"네?" 엄마 입이 바짝 말랐다.

"먼저 먹어 봐야지. 영화 안 봤어?" 호랑이는 턱을 돌려 떡을 가리켰다.

엄만 올 게 왔다는 듯 맨 위의 떡을 천천히 집었다. 집은 손이 살짝 떨렸다. 입에 살며시 넣었다.

"윽!" 목을 잡았다.

"이럴 줄 알았어. 독을 넣었군." 호랑이 눈꼬리가 위로 올라갔다.

"너~~무 맛있어. 서프라이즈!" 엄마는 잡은 목을 풀며 웃었다.

엄마도 이럴 줄 알고 위의 떡 몇 개엔 수면제를 넣지 않았다. 호랑이는 잠깐 멈칫하며 허연 김을 쑥 들이마시고는 떡을 쳐다보았다.

"아직도 못 믿겠어요? 하나 더 먹을게요." 엄마는 맨 위의 떡 하나를 집으려고 했다.

그때 호랑이가 엄마 손을 탁 치며 "맨 밑에 찹쌀떡 먹어 봐!" 하며 직접 발을 맨 밑으로 집어넣어 꺼냈다.

꺼낸 떡을 보자 어느새 엄마 이마엔 땀방울이 맺혔다.

호랑이가 눈치채고 말았어!

엄마의 온몸은 땀으로 젖었다. 진짜 올 게 왔다 하며 온몸이 떨렸다.

"빨리 먹어 봐!" 호랑이는 떡을 엄마 입에 들이밀었다.

엄마가 망설이자 호랑이는 떡을 엄마 입에 욱여넣었다.

엄마는 먹는 척 오물오물거렸다. 목구멍으로 넘어가질 않았다. 아니, 넘길 수가 없었다. 얼굴은 시뻘겋게 변해 어쩔 줄 몰라 하는 표정이었다. 입안에는 찹쌀떡의 달달함과 수면제의 씁쓸함이 교차했다. 수면제가 마치 독약 같았다. 독약이라 생각하니 시뻘겋던 얼굴이 누렇게 떠 버렸다. 집에 두고 온 흔한 남매가 계속 머릿속에 맴돌았다. 남매를 생각하니 누렇던 얼굴이 퍼렇게 질려 버렸다.

"이무진 팬인가?" 호랑이가 덤덤하게 물었다.

"네?" 엄만 남매를 생각하느라 제대로 듣질 못했다.

"방금 아줌마 얼굴색이 「신호등」이었단 말이야!"

엄마는 정신을 차리고는 "이것도 맛있네요. 같이 드셔 보세요." 하며 입속에서 오물거렸다. 그러곤 떡을 집어 호랑이한테 내밀었다. 입안에 침이 고였지만 넘길 수가 없었다.

"그 무슨 이무진이 신호등 건너는 소리 하고 있어! 맛있으면 꿀꺽 삼켜야지!" 호랑이는 눈썹을 치켜뜨고, 송곳니를 내보이며 뾰족한 발톱으로 금방이라도 할퀼 것 같았다.

엄만 눈을 질끈 감고는 서서히 넘겼다.

호랑이는 엄마 얼굴만 쳐다보며 반응을 살폈다.

수면제를 너무 많이 넣어서 벌써 눈꺼풀이 무거웠다.

"이…거… 정말 맛있…는데." 말도 어눌해지며 눈이 감겼다.

"수면제를 탔어. 감히 날 속여?" 호랑이는 입을 더욱 크게 벌려 잡아먹을 듯했다.

"퉤!"

엄만 고개를 돌려 뱉고는 뒤돌아 뛰었다. 하지만 딱 거기까지였다.
 수면제에 취해 뛰는 뒷모습이 뒤뚱뒤뚱 술 취한 사람 같았다. 얼마 못 가 호랑이 발톱은 엄마 옷깃을 갈고리처럼 잡고 있었다.
 엄마는 졸면서도 자식 생각뿐이었다.
 그때 언제 날아왔는지 까마귀 한 마리가 호랑이 얼굴을 쪼며 공격했다. 며칠 전 그 어미 까마귀였다. 그러나 어림없었다.
 "재수 없는 까마귀 같으니!"
 호랑이가 가볍게 꼬리로 쳐 버리자 까마귀는 파드닥거리며 멀리 도망가 버렸다.

 잠시 뒤 으아악!! 소리가 고갯길에 울려 퍼졌다. 보름달도 눈을 찔끔 감았다. 그 짧은 비명이 엄마의 마지막 말이었다.

 호랑이는 엄마 옷을 입고 변장했다. 마음 같아서는 바로 남매 집으로 가 보고 싶었다. 하지만 애들은 지금 학교 가고 없을 게 뻔했다. 하늘을 보니 아직 해가 쨍쨍했다. 대낮에 눈에 띄면 위험하니 밤에 가기로 했다. 호랑이는 남은 떡을 입에 넣고는 숲속에서 잠들어 버렸다.

5
 남매는 하교 후 아무것도 모른 채 엄마가 오기만을 기다렸다. 날이 어두워지고 엄마가 늦자 걱정이 됐다. 보통 이 시간 때 내일 아침 떡을 하기 위해 이것저것 미리 준비해 놓는다.
 "안 되겠어. 우리가 내려가서 내일 떡 할 준비를 해 놓는 게 좋겠어. 같이 좀 도와줘." 누나가 동생한테 도움을 요청했지만 목소리

톤은 명령조였다.

　동생은 억지로 끌려가듯 얼굴을 찌그러트리며 내려갔다.

　밤이 되자 호랑이는 개운하게 일어났다. 기지개를 켜며 남매 집으로 향했다. 남매는 떡 할 준비를 끝내 놓고 옥탑방으로 올라와 문을 잠근 채 기다렸다. 누나는 엄마가 오지 않자 책을 보고 있으면서도 글자가 눈에 들어오지 않았다.

　호랑이는 건물 앞에 도착해서 옥탑방을 올려다보았다. 허리를 쭉 뻗어 스트레칭을 하고는 입꼬리를 올려 죽음의 미소를 지었다. 그러고는 옥탑방을 향해 계단을 한 걸음씩 밟았다.

　쩌벅, 쩌벅.

　"엄마다!" 동생이 문을 열려고 출입문 손잡이를 잡았다.

　"잠깐! 수레 끄는 소리가 들리지 않았어." 누나가 말렸다.

　호랑이는 목소리를 가다듬더니 부드럽게 불렀다.

　"얘들아, 문 열어. 엄마다." 호랑이도 자신의 목소리에 닭살이 돋았다.

　"손수레도 없고 목소리도 이상한데요?" 누나가 귀를 문에 가까이 대고 물었다.

　"아, 손수레는 떡이 많이 남아 무거워서 1층에 두고 왔어. 목소리는 오늘 장터에서 미시즈트롯 경연 대회가 있어 고함 좀 쳤더니 목이 쉬었단다. 아직도 목구멍에 불이 나는구나." 목소린 부드러웠지만 송곳니는 살며시 철문을 긁었다.

　"그 무슨 BTS 목구멍이 불타오르네 하는 소리예요!" 누나가 문에 귀 기울여 보니 '으르렁 으르렁' 거리는 소리가 들렸다.

　지가 무슨 엑소(EXO)도 아니고.

　으르렁!

제3장: 21세기 해님 달님이 된 오누이

호랑이는 속아 넘어가지 않자 문을 할퀴며 손잡이를 당기기도 하고, 머리로 문을 받으며 발버둥 쳤다. 남매는 몸을 부들부들 떨며 어쩔 줄 몰라 했다. 누나는 손잡이를 꽉 잡았다.

어떡하지?

지혜로운 누나의 머릿속에서 컴퓨터처럼 회로가 작동했다. 누나는 곧 동생에게 귓속말로 몇 마디 했다. 그러자 동생은 얼른 화장실로 가서 창문을 떼었다.

호랑이는 계속 발버둥 치다 꼬리가 출입문 옆의 화분을 건드렸다. 호랑이가 미소를 지었다. 넘어진 화분 밑에 출입문 열쇠가 달빛에 빛났다.

"어리석은 인간들! 곧 잡아먹힐 준비 해!" 호랑이 입가엔 침이 꿀물처럼 흘러내렸다.

동생은 막 밖을 나갔다. 누나도 손잡이를 놓고 얼른 화장실로 들어가 문을 잠갔다.

출입문을 연 호랑이는 화장실 문을 향했다. 닫혀 있었다. 문이 나무로 되어 있어서 온몸으로 부딪쳤다. 그사이 누나도 빠져나와 동생과 함께 돌아서 출입문으로 왔다.

빠지직!

호랑이가 화장실 문을 완전히 부쉈다.

"이것들이!"

아무도 없자 호랑이는 다시 출입문으로 달려왔다.

동생은 "이단 옆차기!" 하며 냉장고를 쓰러뜨렸다. 냉장고는 쓰러지며 출입문을 막았다. 역시 엄마 말씀이 맞았다. 쓸모가 있었다.

호랑이는 머리를 출입문에 대고 밀어 보았지만 쾅쾅 부딪히는 소리만 날 뿐이었다. 남매 둘 다 휴대폰이 없어 112에 연락도 못 했다. 누나가 냉장고를 밀며 출입문을 꽉 닫고 있고, 동생은 옥상 난간으로 갔다. 그리고 용기 내어 소리쳤다.

"살려 주세요! 탈출한 호랑이가 있어요!!" 동생은 아무나 들으라며 힘껏 외쳤다.

누가 지나가는 것 같은데 외진 곳인 데다 멀어서 잘 보이지 않았다. 한 번 더 외치려는데 "어머!" 하며 누나가 소리쳤다. 호랑이가 냉장고를 조금씩 밀어내며 머리를 내밀었다. 동생은 얼른 뛰어와서는 옆으로 누운 냉장고 위에 올라갔다. 누나와 함께 출입문을 몸으로 막았다.

덜컹덜컹! 냉장고의 출입문 부딪히는 소리와 으흥! 하는 험악한 소리가 뒤섞여 달동네를 시끄럽게 했다. 보름달도 일그러졌다.

어린 남매가 힘을 써 보았지만 이미 머리를 문밖으로 내민 호랑이가 유리했다. 점점 문이 벌어졌고, 호랑이 앞 몸통이 문틈을 비집고 나왔다. 남매는 눈이 동그래지며 온몸이 땀에 젖었다. 심장에서도 땀이 났다. 호랑이는 고개를 남매 쪽으로 돌리며 입을 벌려 한껏 울어 댔다.

으으흥!

그 울음소리는 보름달 빛마저 삼킬 듯한 외침이었다.

아이들은 울부짖는 소리에 짓눌려 문에 기댄 채 힘이 점점 빠져갔다.

이젠 우린 죽었구나!

그때 까악! 까악! 하며 까마귀 떼가 나타나더니 출입문으로 돌진했다. 정확히 호랑이 머리를 향해 검은 드론이 자폭하듯 직선으로 돌진했다. 아까 어미 까마귀가 동료들을 데리고 온 것이다.

호랑이 얼굴을 향해 부리로 내리꽂았다. 전설의 17 대 1!

까마귀 떼의 역습에 호랑이는 본능적으로 몸통을 웅크리며 뒤로 물러났다. 남매는 이때다 싶어 출입문을 안으로 힘껏 밀었다. 호랑이는 문틈으로 얼굴을 집어넣고는 버텼다. 호랑이는 목이 문에 끼여서 들이밀지도 빼지도 못하는 빼박 상태가 되었다. 까마귀 떼도 이때다 싶어 삐져나온 호랑이 머리통을 죽어라 쪼아 댔다. 이마, 눈, 코, 입, 턱을 얼굴 경락 마사지 하듯 쪼아 댔다. 머리에 피가 나자 호랑이는 으으흥! 또 부르짖었다. 이렇게 남매와 까마귀의 합동작전이 성공하는 듯했다.

하지만 호랑이는 역시 호랑이였다. 이미 엄마를 잡아먹고 떡까지 먹은 탓에 남은 힘이 온몸에 전달되었다. 고통이 커질수록 호랑이의 분노는 온몸의 근육으로 진화했다. 아드레날린을 더욱 솟구치게 했다. 피를 흘려 가며 아드레날린 근육으로 다시 한번 문을 밀었다. 남매 둘은 더 이상 버틸 힘이 없었다. 피가 묻은 까마귀들의 부리도 힘이 빠져 무뎌졌다.

다시 조금씩 문틈이 벌어졌다.

으으워하하항!!

웃음인지 울음인지 정체 모를 마지막 비명을 지르자 문이 반쯤 열렸다. 호랑이가 몸을 절반쯤 빼내고야 말았다. 동생은 냉장고 위에서 떨어질 뻔했다. 호랑이는 두 앞발을 높이 들어 갈고리 같은 발톱을 휘둘렀다.

레프트, 라이트 훅!

안면 강타에 까마귀 몇 마리가 저 멀리 나가떨어졌다. 겁먹은 나머지 까마귀들은 더 이상 공격을 하지 못하고 호랑이 머리 위만 맴돌기만 했다.

호랑이는 침을 질질 흘리며 피범벅이 된 얼굴을 드러냈다. 앞발을 들어 대각선 위아래로 휘두르며 남매를 할퀼 것 같았다.

큰 송곳니는 드라큘라, 침 흘리는 모습은 찌그러진 불독, 피투성이 얼굴은 처녀귀신, 발을 뻗은 모습은 좀비였다. 짐승과 귀신을 한 번에 CG로 합성한 모습이었다.

한마디로 폼 미쳤다!

누나는 정신을 차렸다.

"하나, 둘, 셋 하면 빨리 방앗간으로 도망쳐!" 누나가 동생을 보며 외쳤다.

둘은 더 이상 생각할 틈이 없었다.

"하나! 둘! 셋!"

동생이 먼저 냉장고에서 펄쩍 뛰어내려 계단으로 뛰었다. 누나도 뒤따랐다.

호랑이도 그 틈을 타 조금 더 힘을 주니 문이 완전히 열렸다. 바로 계단을 향해 성큼성큼 날듯이 뛰었다.

다다다다다!

누나와 동생도 계단을 날듯이 1층으로 내려갔다. 동생이 방앗간 미닫이 유리문을 옆으로 열어젖히고 먼저 들어갔다. 누나가 뒤따라 들어오자 문을 쾅! 하고 닫았다. 호랑이도 펄쩍 뛰어서 문으로 처박힐 듯이 돌진했다.

퍽!

찌직!

호랑이 얼굴이 유리문을 반쯤 깨고 끼어 버렸다.

윽!

동생이 놀라며 미닫이문을 꽉 잡았다. 누나도 함께 도와 문을 잡앉다.

호랑이는 으하하하항! 또 비명을 내뿜었다.

"빨리 발로 차!" 누나가 외쳤다.

퍽!!

이번엔 체중까지 실어서 찼다.

호랑이는 코에 신발 자국이 찍힌 채 뒤로 나자빠졌다. 여기서 포기할 결식 호랑이가 아니었다.

퍽! 쨍그랑!

호랑이가 다시 돌진해서 유리문에 부딪히자 큰 구멍이 났다. 몇 번 더 부딪히면 문이 부서지고 호랑이가 들어올 것만 같았다.

누나는 바로 옆 벽에 스위치를 눌러 불을 켰다. 주변을 둘러보고 무기를 찾았다.

퍽! 쨍그랑!!

호랑이가 또 한 번 돌진했다.

문 유리가 깨지며 그 틈으로 호랑이는 얼굴을 들이밀고는 으흥! 거렸다. 동생 바로 옆에서 얼굴을 내밀었다.

누나와 동생은 몸을 뒤로 젖혀 손만 뻗어 문을 꽉 밀었다.

"누나 어떡해!!" 동생은 벌벌 떨면서 손에 힘은 빼지 않았다.

한 번만 더 부딪히면 문이 완전 부서져 호랑이 몸뚱이가 들어올 게 분명했다. 누나가 저쪽을 쳐다보았다. 분쇄기 옆 바가지에 담긴 고춧가루가 눈에 띄었다.

누나는 "저거다!" 하며 바닥을 미끄러지듯 뛰어가서는 고춧가루 바가지를 집어 들었다.

호랑이는 이미 2미터 뒤로 물러서 들이받을 준비를 했다.

"호랑이가 들어오면 넌 옆으로 피해!"

그 말이 떨어지자마자 호랑인 훌쩍 점프해서 문을 들이받았다. 동생은 옆으로 피했다.

쨍그랑!

큰 소리를 내며 호랑이가 문을 뚫었다. 그리고 정면 분쇄기와 누나를 향해 날아왔다. 두 앞발에 발톱을 내밀고 입을 벌려 송곳니를 보인 채 날아왔다. 누나의 눈엔 그 모습이 슬로비디오였다.

누나는 몸을 옆으로 살짝 피하며 고춧가루 바가지를 물 뿌리듯이 호랑이 얼굴을 향해 자신 있게 뿌렸다.

시뻘건 고춧가루 수천 개 아니, 수만 개가 호랑이 얼굴을 덮쳤다. 고춧가루 폭탄을 맞은 호랑이는 속도 조절을 못 해 분쇄기에 부딪혔다. 넘어졌지만 곧바로 일어섰다. 하지만 고춧가루 돌격대는 호랑이의 눈, 코, 입속에 잠입해서 자폭하듯이 효과를 발휘했다.

으흐흐흐흥!!

호랑이는 따갑고 간지럽기도 했다. 처음 맛보는 고춧가루에 호랑이는 날뛰기 시작했다. 꼬리를 쳐들고 네발은 탭댄스 추듯 했고 얼굴은 고춧가루를 털어 내려고 마구 흔들었다.

날뛰면서 킁킁! 대며 콧속의 고춧가루를 빼내려고 했다. 카악! 카악! 대며 입속의 고춧가루도 내뱉으려 했다.

킁! 킁! 카악! 카악! 그 무시무시하던 호랑이 고유의 소리가 아니었다. 눈은 따가워서 뜨지도 못했다. 정신을 못 차렸다. 여기 갔다 저기 갔다 막 날뛰었다. 동생은 호랑이의 희한한 비명소리와 날뛰는 광경에 소름이 돋았다.

입구 문 유리는 다 깨지고 너덜너덜했다. 문으로 빠져나가려 했지만 호랑이가 문 앞에서 날뛰고 있어 갈 데가 없었다. 둘은 갇혀 버렸다.

제3장: 21세기 해님 달님이 된 오누이

방앗간 안에서 모든 걸 끝장내야만 했다. 누나의 머릿속 회로가 또 돌아가며 아이디어 시동을 켰다.

분쇄기 스위치를 눌렀다.

위이잉!! 덜덜덜!!

동생은 호랑이 비명과 분쇄기 비명에 귀를 막으며 미칠 것 같았다. 기계 돌아가는 소리에 호랑이는 더욱 흥분하여 꼬리를 힘껏 치켜들었다. 네발은 폴짝폴짝 뛰며 새로운 춤을 개발하기 바빴다.

설마 누나가 호랑이를 분쇄기에?

불가능하다는 게 뻔했다.

누나의 작전은 위로 치켜든 꼬리를 잡아 분쇄기 입에 집어넣는 것이었다.

꼬리라도 잘리면 아파서 도망갈 거야!

"도와줘! 안 그럼 우린 다 죽어!!" 누나가 꼬리를 잡으려 애를 썼다.

동생도 죽는다는 말에 용기를 냈다.

하지만 호랑이 꼬리 잡는 게 어디 쉬우랴!!

호랑이는 여전히 눈을 뜨지 못하고 방향 감각을 상실한 채 날뛰었다. 그러다 한 발이 문 옆 큰 대야에 빠졌다.

물이다! 그것도 가득!

누나는 굳은 표정으로 다시 꼬리를 잡으려고 했다. 손을 이리저리 휘저었다. 그러다 얼떨결에 꼬리가 잡혔다. 동생도 같이 잡았다.

"당겨!"

남매는 잡은 꼬리를 분쇄기 쪽으로 당겼다. 호랑이가 잠시 딸려 왔다. 분쇄기가 덜덜덜 소릴 내며 꼬리를 향해 고함쳤다. 호랑이는 눈이 감긴 채로 대야를 향해 다시 발걸음을 내디뎠다.

둘은 죽어라 꼬리를 당겨 분쇄기 입에 넣으려고 했다. 호랑이는 고춧가루 때문에 정신이 없어 100% 힘을 발휘하지 못했다.

드디어 꼬리 끝이 분쇄기 안 톱니에 닿았다. 톱니는 모든 걸 부술 듯 세차게 돌아갔다.

우우우웅~!

꼬리 끝이 닿자 호랑인 이상한 비명을 내며 몸을 비틀었다. 둘은 다시 꼬리를 꽉 잡고 집어넣으려 했다.

그 순간 호랑이도 꼬리에 힘을 주며 흔들어 댔다. 그리고 제자리에서 풀쩍 뛰어 허공에서 온몸을 한 번 더 비틀었다. 고난도의 아크로바틱 기술에 남매는 꼬리를 놓치고 바닥에 쿵! 넘어졌다.

호랑이는 바로 얼굴을 큰 대야에 처박듯이 집어넣었다. 그리고 물속에서 고개를 마구 흔들었다.

으그럭! 으그럭! 으그러러러럭!

코와 입으로 뱉어 내니 대야에 거품이 일었다. 얼굴을 빼내고는 온몸을 비틀며 물기를 털었다.

킁! 킁! 카악! 카악!

콧구멍과 입에서 붉은 고춧가루가 튀어나왔다.

안드로메다로 갔던 정신이 조금씩 돌아왔다. 그리고 얼굴을 돌려 넘어진 남매를 향했다.

남매는 심장이 멎을 뻔하며 바닥에 짚은 손을 떼지 못했다. 호랑이 눈이 시뻘겋게 충혈되어 마치 눈에서 피눈물이 난 것 같았다.

으르렁!!

이제야 호랑이는 고유의 소리를 찾았다.

크킁! 카각!

아니다. 아직은 멀었다. 호랑이는 재채기를 하며 남아 있는 고춧가루를 마저 뿜어냈다.

남매는 넘어진 채로 손을 뒤로 짚으며 물러섰다. 물러서 봤자 벽이었다.

"방금 내가 지옥에서 살아 돌아왔으니 너희들도 보내 줄게. 근데 너흰 살아 돌아오긴 힘들 거야. 호랑이보다 더 무서운 게 곶감이 아니었어. 고춧가루였어!"

호랑이는 더 이상 망설이지 않았다. 바로 송곳니를 보이며 두 발을 들어 날카로운 발톱을 뽑아냈다.

으흐흥!!

그리고 남매를 향해 덮쳤다.

픽!

그때 어디선가 이상한 소리가 들리더니 호랑이가 남매 위로 쓰러졌다. 남매는 어두컴컴해서 호랑이 뱃속인 줄 알았다.

누군가 호랑이를 낑낑대며 밀어 젖혔다.

꽃사슴 사냥꾼이었다.

"내가 사슴 잡으러 다니다 길을 잃어 이 산으로 넘어와 봤지. 멀리서 살려 달란 소리가 들렸는데 어느 집인지 몰라 찾는 데 시간이 좀 걸렸어."

사냥꾼은 아이들 손을 잡아 일으켰다. 아이들 옷에 붉은 고춧가루가 덕지덕지 묻어 있었다.

"잡으라는 돼랑이 같은 사슴 대신 진짜 호랑이를 잡아 버렸네. 얼마 전엔 연못에서 살인미수자를 잡았는데. 참 나!"

아이 둘은 아직도 정신을 못 차렸다.

"근데 이건 사슴용 마취총이라 호랑이가 곧 깨어날 수 있…" 사냥꾼은 아이들 뒤쪽을 보고 말을 잇지 못하고 털썩 주저앉고 말았다.
예상보다 더 빨리 호랑이가 깨어나 버렸다. 남매도 돌아서 보고는 기겁을 했다.
<u>으흐흐흥!!!</u>
호랑인 다시 앞발을 훌쩍 들어 셋을 내리칠 찰나였다.

탕! 탕!
이번엔 호랑이는 뒤로 쓰러졌다. 사냥꾼과 애들은 총소리에 놀라 바닥으로 쓰러졌다.
언제 왔는지 경찰들이 문 밖에서 쏴 버렸다.
경찰들은 방앗간 안으로 들어와서 죽은 호랑이를 보고는 "이제 다 끝났다. 애들아, 안심해도 된단다." 하며 애들을 일으켜 세웠다.
"이 할아버지가 신고해서 다행이야." 경찰들은 할아버지께 고마워했다.
폐지 줍는 할아버지였다!
"내가 휴대폰이 없어서 직접 파출소로 가느라 늦었어." 할아버지는 손에 폐지를 들고 있었다.
죽음의 고비를 여러 번 넘긴 남매는 아직도 얼떨떨했다.
동생은 할아버지를 슬쩍 쳐다보았다. 왠지 미안했다.
냉장고, 까마귀, 방앗간, 폐지 할아버지까지 모두 다 필요한 존재였다.
폐지 할아버지는 엄마 잃은 남매의 얘기를 듣고는 불쌍해했다.
"그럼 난 바빠서 이만." 할아버지는 바쁜 척하며 뒤돌아 뛰어가 버렸다.

"어르신! 성함이라도 가르쳐 주고 가세요. 용감한 시민상 받으셔야죠?" 경찰이 급히 가는 할아버지에게 소리쳤다.

"난 그런 거 필요 없소! 애들이나 잘 돌봐 주세요." 할아버지는 산 쪽으로 달려 사라졌다.

나중에 수소문했으나 결국 폐지 할아버지를 찾지 못했다.

고아가 된 남매에게 입양할 때까지 익명의 후원자가 생겼다. 몇 달 뒤에는 어떤 부부가 나타났다.

"우리가 해외에 있다가 국내로 들어왔습니다. 마침 우리에겐 자식이 없어 이 아이들을 입양하기로 했습니다."

바로 콩쥐와 재벌집 막내 손자 부부였다. 부부는 남매를 친자식처럼 정성껏 키웠다.

둘은 나중에 자라서 부모 없는 아이들을 돌보는 해님 달님 보육원을 운영하며 평생 자원봉사자로 살았다고 한다.

못다 한 이야기

신라 시대 경주

"이런 바봉, 멍충이 같은 놈! 그깟 떡이라는 말에 도망치다니! 넌 우리 호랑이 가문의 망신이야!" 아버지 호랑이는 아들 호랑이를 보고 소리쳤다.

"애가 호랑이가 온다 해도 꿈쩍도 않다가 떡이라고 하니 울음을 딱 그쳤습니다. 그래서 떡이 저보다 더 무서운 줄 알고 그 바람에 그만…." 도망쳐 나온 아들 호랑이는 고개를 들지 못했다.

"좀 더 인간을 연구하고 찾아갔어야지! 떡은 그냥 맛있게 먹는 거란 말이다!! 그러니까 동물서당에서 수업을 제대로 들으라고 몇 번이나 말했잖아! 인간 사용 설명서 수업이 제일 중요하다고 그렇게 말했건만! 이러다가 인간들이 이 얘기를 떠벌리고 다니면 또 한 번 망신이야. 이 치욕을 절대 잊어서는 안 된다. 그 집은 대대로 떡방앗간으로 유명한 집안이니 네 후손에게도 단단히 일러두어라."

"네. 제 자자손손 일러두어 꼭 치욕을 갚겠습니다."

2025년

"저 호랑이 참! 뚱뚱하다 못해 못~되게 생겼네! 숲속의 왕이 아니고 숲속의 호구야! 킥킥!"

우리 안에 이상하게 생긴 호랑이를 보고 사람들은 키득키득 웃어 댔다. 이 호구 호랑이는 동물원에서 주는 음식만 질겅질겅 씹어 대며 먹고 자고 먹고 자고 했다. 가끔 인간들이 던져 주는 과자 부스러기는 간식이었다. 이렇게 우리 안에만 있으니 운동 부족으로 근육이 아닌 지방만 가득한 비만 호랑이가 됐다. 매서웠던 눈은 어디 가고 八자로 늘어졌고, 볼살도 점점 불어나 이젠 얼굴이 세로보다 가로가 더 커졌다. 점점 팥쥐를 닮아 갔다. 하품을 하니 더욱 게을러 보였고, 누워 있으니 뱃살이 흘러내려 주워 담기 바빴다. 축 늘어진 꼬리와 가녀린 발목은 똑바로 서 있기조차 힘들었다. 어슬렁거리며 걷는 뒤태는 궁둥이만 실룩거려 둔해 보였다. 더 이상 맹수 호랑이가 아니었다. 또 하나의 정육면체 동물이 돼 버렸다.

인간들이 자신을 비난하는 소리는 하루이틀이 아니었다. 드디어 결심했다.

  먹는 횟수를 줄이고 동료 호랑이한테 1:1 개인 PT를 받았다. 복수하려는 의지는 호랑이에게 자극제가 되었다. 석 달 후 완전 변했다. 턱선은 날렵하게, 뱃살은 복근으로 변했으며 네발은 두꺼워져 꼬리를 빳빳하게 올리니 예전 맹수의 모습으로 돌아왔다.

  단지 다이어트한다고 항상 배가 고팠다.

  "내가 지금 동물원에 갇혀 저런 인간들 놀잇감으로 있을 게 아니다. 우리 조상님의 치욕을 갚아야 한다. 때가 왔다. 내일 탈출이다! 기다려라, 떡장수 아줌마야!"

제4장

21세기 도깨비감투

1

    네! 숨은 가수 찾기 프로젝트!
    3달 동안 긴 여정의 대미를 장식할 우승자는 누가 될 것인가? 올해 첫 회를 맞이한 영광의 주인공은 과연 누구일까요? 여기 결승전에 올라온 단 두 명의 최종 후보가 서 있습니다.
    윤민천이냐? 곽도성이냐?
    2024!「드림싱어」첫 회 우승자는 바로~ 바로~
    곽도성!!

    난 윤민천이다. 준우승도 대단히 만족스럽다. 어차피 내 목적은 내가 이렇게 멋진 삶을 살고 있다는 걸 보여 주고 싶었다. 3달 동안이나 끈질기게 살아남으면서 내 존재를 알렸으니 만세삼창이다.
    난 원래 괴짜 발명가다. 생활에 편리한 잡다한 걸 만들어 특허도 몇 개 냈다.「드림싱어」에 출연하면서 내 발명품 홍보를 자연스럽게 했다.
    방송 당시 난 매일 SNS를 확인하며 반응을 살폈다.

- 괴짜 발명가님! 머리도 천재고, 노래하는 것도 천재예요.
- 꼭 우승하길 바랄게요.
- 발명품도 홍보가 잘되면 대박 날 것 같아요!
- 노래 잘 부르게 하는 약 좀 발명해 주세요~

대부분 잘한다는 응원뿐 학창 시절 날 무시했던 놈들의 반응은 없었다.

하기야 배 아파 하겠지.

학창 시절 왕따는 아니지만 애들한테는 특이한 놈으로 낙인찍혀 친구들이 별로 없었다. 수능 공부보다 발명에 진을 뺐다. 졸업 후에도 난 집에 틀어박혀 발명에 N수생이었다. 물론 독학이었다. 다행히 집안이 좀 살아서 특별한 직업 없이 발명에 매진했다. 군대도 미루다 늦은 나이에 가서는 신무기를 개발한다고 짬짬이 설계도도 그렸다. 칭찬받을 줄 알았는데 바로 관심병사로 찍혔다.

어리석은 국방부 같으니!

군대서 머리가 썩어 버렸으니 제대하고도 아이디어가 떠오르지 않았다.

이제 20대 후반인데 벌써 아이디어가 박살 나다니!

몇 달 동안 슬럼프에 빠졌다. 혼자 노래방에 가서 노래를 불렀다. 또 다른 재능이 목소리였다. 그러다 마침 「드림싱어」라는 오디션 프로에 참여해서 슬럼프도 극복하고 내 존재도 알렸다.

이렇게라도 알려지면 날 무시했던 놈들 깜짝 놀라겠지?

밑져야 본전이었다. 그러다 준우승까지 해 버렸다!

한동안 방송에 출연하며 인기가 연예인 못지않았다.

유명 MC가 말하기를 '무명 가수가 노래를 못해서 무명 가수가 아니었습니다. 단지, 이런 기회를 잡지 못했을 뿐이었습니다.'라며 나를 띄워 주었다. 어느새 내 머릿속은 괴짜 발명 대신 유명인, 공인, 인기라는 단어가 자리 잡았다. 팬카페까지 생기자 앞에 단어들은 자만심으로 변질되었다.

노래하는 발명가로 불렸다.

예능 프로 여기저기서 막 섭외가 들어왔다. 미리 방송 작가와 인터뷰를 좀 하고 방송에서 해야 할 말들을 정리했다. 처음에는 방송에서 주로 발명 얘기를 했다. 사실, 그것밖에 할 말이 없었다. 그러다 다른 예능 프로 나가서도 비슷한 말만 하니 식상해했다. 방송 작가는 발명 말고 다른 얘기 없냐고 했다. 작가는 어떻게든 짜내 보라며 분량을 만들어야 된다고 했다. 부탁을 넘어 다그치는 수준이었다. 내 인생 30년도 안 됐는데 뭔 얘기를 하라는 건지. 발명 아이디어 낼 때처럼 머리를 짜냈다. 하다 하다 겨우 짜낸 게 학창 시절 얘기였다. 인생 절반을 학교를 다녔으니 어쩌면 자연스러웠다. 방송 분량 욕심에 학창 시절 얘기에 약간 MSG를 첨가했다. 학창 시절 특이한 놈으로 낙인찍혀 힘들었던 걸 얘기하자 팬들은 날 동정하며 위로해 주었다.

- 이제 이렇게 잘됐으니 그놈들 무시하고 잘 사시면 됩니다.
- 저도 학폭에 시달리는 왕따였는데 지금은 제 재능을 살려 열심히 살고 있어요.
- 인상도 좋으시고 대박 나길 바라요.

⋮

- 웃기고 있네. 군대서 쫄따구들한테 못된 짓 한 거 사과나 해라.

잉? 잘나가다가 태클 걸렸다.

유명인이 괜히 논쟁 벌이다가 본전도 못 건지는 걸 난 많이 봐 왔다. 더 이상 시끄러워지기 전에 재빨리 댓글로 사과했다.

    ㄴ 후임병이 많아서 누군지는 모르지만 저 때문에 힘드셨다면 사과드립니다.
    ㄴ 군대서 무슨 일이 있었나요?

비슷한 댓글이 계속 달렸다.
하지만 팬들은 아랑곳하지 않고 날 옹호해 주었다. 맹목적인 팬심이 효과를 발휘했다.

- 군대 자체가 계급이 깡패라고 후임병들 못살게 한 적은 누구나 다 있잖아.
- 흠집 낼 것 없으니까 이젠 군대 얘기까지. 이런 식으로 하면 군대 갔다 온 남자는 모두 언어폭력 전과자일걸.
- 유명해지니까 어쨌든 건드려 보려고. 별 희한한 놈 다 보겠네.
    ⋮

다행히 그 쫄따구는 더 이상 문제를 제기하지 않았다.
물 들어올 때 노 저으라고 난 계속 가요 프로나 예능에 출연하며 내 존재를 과시했다.
팬들도 나한테 들이댔지만 이름 모를 유튜버들도 막 휴대폰을 들이댔다.
이놈들을 조심해야 한다. 이놈들은 어쨌든 유명인 약점을 잡아서 방송에 여과 없이 내보낼 놈들이다.

난 자만심을 억누르며 아주 조신하게 지냈다.

그러다 설마설마했던 일이 터졌다.

한순간의 폭로 글로 내 인기가 인수분해 되어 버렸다. 죽일 놈들! 얼마 전 쫄따구가 다시 상세히 폭로했다. 내가 후임병들한테 몹쓸 짓을 했다는 내용이다. 그것도 성추행!

네티즌들은 이때다 싶어 손가락질 폭격을 매몰차게 시작했다. 먹잇감이 포착되자 개나 소나 달려들어 악플을 달았다.

SNS에서는 댓글 잔치가 벌어졌다.

- 변태 괴짜 발명가??
- 많이 외로웠나 보네. 게이면 솔직히 커밍아웃해라.
- 너 인마, 딱 걸렸어! 그동안 참았는데 학창 시절부터 변태 기질이 보였어.
- 그래, 우리 고등학교 동기는 다 알지. 왜 너를 무시하고 따돌렸겠냐?
- 흥! 인기는 있으나 인성은 없었다!

이 모든 게 유명인을 쫓아다니며 기회만 엿보던 유튜버 다밝혀 때문이다. 이놈은 이 한 건으로 유튜브 조회 수를 엄청 끌어올렸다.

나는 즉시 해명했다. 군대에서 남자들끼리 장난삼아 신체 접촉을 많이 한다고 했다. 성추행 의도는 전혀 없었다고 했다.

역시 댓글들이 달렸다. 다른 후임병까지 가담해서 폭로하고, 학창 시절 얘기까지 나왔다.

- 거짓말하지 마라. 장난삼아가 아니고 넌 진심이었다.
- 넌 아무렇지도 않게 만졌지만 당한 사람은 그게 아니다.
- 고딩 때 아프다고 조퇴하고서는 집에 가서 쓰잘데기없는 발명품 만들고

있었던 거 모를 줄 아냐?
- 이제야 말하지만 네가 무슨 일진인 양 나한테 돈 뺏은 거 기억 안 나냐? 네가 무시당했다는 건 강한 놈한테 그런 거고, 약한 놈한테는 못되게 굴었잖아.
- 집도 잘사는 놈이 뭐가 부족해서 돈을 빼앗아?
- 방송에서 피해자 코스프레 하지 마라. 못 봐주겠더라.

⋮

　내 머릿속은 얽히고설킨 실타래 그 자체였다. 내 팬들이 나를 감싸 주었지만 물어뜯기 좋아하는 인간들에겐 역부족이었다.
　계속 나에 대한 좋지 않은 제보가 이어졌다.
　고등학교 동기라는 놈은 '졸업하고 버스에서 몇 번 봤는데 지팡이 짚은 할머니가 옆에 왔는데도 본체만체하고 그냥 앉아 있더라. 버스가 출발하자 할머니가 중심을 잡기 힘들어했는데도 보고만 있었지. 결국 다른 좌석의 할아버지가 자리를 양보하더군. 어떤 날은 임산부가 옆에 서 있는데도 가만있더만.'이라고 사소한 것까지 제보했다.

- 그래. 원래 천성이 저런 놈이었어.
- 당신도 늙을 텐데 나중에 똑같이 당해 봐라.
- 그 귀한 임산부를 저렇게 냅두다니.
- 너 같은 놈 때문에 출산율이 떨어지는 거야.

⋮

　나는 또 해명했다. 10년 전 일이라 기억은 잘 안 나지만 아마 그때 휴대폰 본다고 미처 알아채지 못한 것 같아 할머니와 임산부께 죄송하다고 했다. 그리고 이게 그렇게 논란이 될 줄 몰랐다며 하소연했다.

- 이젠 거짓말까지. 일부러 휴대폰 보는 척 고개를 숙이더만.
- 청소년들아 잘 봐 두거라. 요즘은 연예인 하려면 학창 시절 생활 잘해야 된다. 사소한 잘못도 낱낱이 다 밝혀지거든.
- 발명은 개뿔, 인성 좋아지는 약이나 좀 발명해라, 범죄자야.

⋮

- 내 태블릿 잠시 빌려 가기로 해 놓고 이 핑계 저 핑계 대며 겨우 돌려주었지. 그때 우리 엄마한텐 도둑맞았다고 거짓말까지 해야 했다.
- 태양열 옷을 개발했다며 나에게 실험용으로 입혔다가 2도 화상까지 입었잖아. 추우면 그냥 옷이나 더 쳐 입으면 되지. 태양열은 무슨!
- 멀리 볼 수 있는 안경을 개발했다며 그거 쓰고 혼자 사는 여자 집 훔쳐봤지.
- 최종 목표는 투명망토 발명해서 여자 집에 들어갈 거라고 노래를 불렀지.
  ㄴ 변태 발명가 맞네.

⋮

점점 사소한 내 사생활까지 다 폭로했다. 고등학교 때부터 술집에 드나들었고, 대낮에 길거리에서 담배를 버젓이 피웠다고 했다. 부모님의 주식투자 잘못된 정보로 주변 사람에게 피해를 많이 줬다고도 했다. 팬카페 회원들 수가 점점 줄어들었다. 팬카페는 잠정적으로 폐쇄했다.

　언론에서는 검증되지 않은 익명의 네티즌들이 하는 무차별적 비난을 비판했지만 악플은 계속되었다.

　내 인기는 이젠 인수분해를 넘어 공중분해가 되어 버렸다.

2

　난 다시 혼자가 되었다. 이젠 집 근처를 당당하게 고개를 들고 다닐 수가 없었다. 근처 편의점도, 대중교통도, 은행도, 주민센터도….

　은행에 갔을 땐 직원이 내 신분증을 보며 아무렇지도 않은 척 업무를 했다. 하지만 분명 미세한 얼굴 표정은 숨길 수 없었다.

　한여름에도 마스크를 썼다. 다시 코로나가 와서 마스크를 양껏 쓰고 싶었다.

　택배와 배달앱만이 나를 위로해 주었다.

　정말 숨고 싶었다. 투명인간이 되고 싶었다. 아니, 되어야만 했다.

　그래! 투명망토다!

　이미 여러 나라에서 개발했기 때문에 그 정보를 바탕으로 나도 할 수 있다고 확신했다. 빛의 굴절을 조작해 메타물질로 만들면 된다.

　그래, 내 주제에 무슨 연예인?

　난 머릿속에 박힌 악플의 가시를 녹이기 위해 발명에만 몰두했다. 더 이상 슬럼프는 없었다.

　머릿속 아이디어가 폭발하듯 꿈틀거렸다. 어렸을 적에 꿈꿨던 만화적 상상을 실현할 기회였다.

　머리를 짜내고 또 짜냈다.

　하지만 말 그대로 만화적 상상일 뿐이었다. 메타물질로 빛의 굴절을 이용해서 만든다는 게 전문지식이 없는 나 혼자서는 힘들었다.

정말 싫었지만 포기했다.

다음은 연예 뉴스입니다.
인기 아이돌 그룹 슈퍼우먼즈의 최아린 씨가 어제 극단적 선택을 했다는 안타까운 소식입니다. 지난 6월, 고인이 학창 시절 따돌림을 주도해 당시 급우들에게 공포의 대상이었다는 제보가 인터넷상에 퍼졌습니다. 심지어 최아린 씨를 피해 전학을 가거나 자퇴를 하는 학생도 있었다고 합니다. 이에 최아린 씨는 잘못을 일부 인정했으나 과장된 부분이 많다고 해명했습니다. 하지만 네티즌들의 반응은 싸늘했습니다. 고인의 가족들도 SNS상에서 신상이 공개되어 일상생활에 지장을 받았던 것으로 밝혀졌습니다. 슈퍼우먼즈도 논란 이후에는 잠정 활동 중단 상태였습니다.
고인은 유서에서 더 이상 버틸 수 없다며 가족과 그룹 멤버들에게 미안하다고 전했습니다.

다음 소식입니다.
유명 유튜버 김씨TV의 학폭 문제가 불거지자 또 다른 피해자가 등장해서 폭로한 일이 있었는데요, 피해자는 김씨TV가 학창 시절 자신을 폭행하고, 노트북도 부쉈다는 폭로글을 올려 주목을 받아 왔습니다. 하지만 이는 사실이 아닌 것으로 밝혀졌습니다. 피해자라고 주장한 이는 고등학교 3학년 학생으로 호기심에 올린 글이 주목을 받게 되자 마치 자신이 영화 속의 유명 범죄자가 된 기분이었다고 말했습니다. 피해자에게는 정말 죄송하다며 선처를 호소했습니다.

오늘의 딴지 걸기 코너입니다.
오늘도 우리는 한 젊은이의 안타까운 죽음을 접해야 했습니다. 유명인이 잘못하면 네티즌들은 이때다 싶어 악플을 달기 시작합니다. 학창 시절 있었던 시시콜콜한 것까지 낱낱이 까발리는 듯합니다. 복잡한 남자관계니, 선생님한테 건방지게 대들었다느니, 욕설을 입에 달고 살았다느니 등등입니다. 악플은 꼬리에 꼬리를 물고 확대 재생산되고 있습니다.
없던 얘기를 지어내 진실이 되는 세상이 되었고, 있던 얘기는 암세포가 되어 빠른 속도로 세상 사람들을 전이시켜 버렸습니다.
말은 내뱉으면 주워 담을 수 없지만 글은 얼마든지 고칠 수 있는 장점이 있습니다. 댓글을 자신과 가족한테 쓰는 거라 생각하고 엔터 누르기 전에 한 번 더 생각해 보는 건 어떨까요?
편안한 밤 되십시오.

남 얘기 같지 않았다. 악플들이 머릿속에 스쳐 지나갔다. 티브이나 휴대폰을 보면 눈 밑에 경련이 일어날 것만 같았다. 빨리 내가 잊히기만을 바랐다. 난 더 철저히 아웃사이더로 살기로 했다.
몇 달이 지나고 늦가을, 갑갑한 마음에 최대한 변장을 하고 산에 갔다. 일명 도깨비 산이다. 옛날부터 도깨비가 출몰한다는 전설로 내려오는 산이었다. 많은 사람들이 도깨비를 보고 기절했다고 했다. 얼마 전에도 도깨비 목격담이 있었지만 어둠속에서 본 멧돼지이거나 길을 잃은 등산객이라 추정했다. 어느 유튜버는 이걸로 돈을 벌어 보고자 밤에 촬영을 했다며 생방송을 진행했다. 하지만 주작이었다.

죽일 놈들 천지다!

　난 모자를 꾹 눌러쓴 다음, 선글라스에 마스크까지 썼다. 등산객과 마주칠 때면 고개를 숙이고 올라갔다. 마스크 때문에 숨쉬기가 불편했지만 코로나를 겪은지라 이상하게 보는 사람은 없었다. 마스크 틈으로 숨을 내뱉으며 정상에 올라서는 밑을 바라봤다.

　세상 풍경은 이리 아름다운데 내 마음은 왜 이리 더러운지!

　야호! 하고 외쳐서 그동안의 갑갑한 마음에 화풀이라도 하고 싶었다. 몇 분간 풍경만 쳐다봤다. 탁 트인 풍경처럼 되고 싶어 모자, 선글라스, 마스크를 잠시 벗고 다시 내려다봤다. 눈을 감고 코와 입으로 마음껏 맑은 공기를 들이마셨다. 집구석 칙칙한 공기와는 확연히 달랐다. 세상 풍경을 들이마셨다.

　그러자 저기 옆에서 언제 왔는지 한 무리가 날 보며 수군거렸다.

　젠장! 들킨 모양이다. 난 아무렇지도 않은 척 모자, 선글라스, 마스크를 차분하게 썼다. 속으로는 심장박동이 우박이 양철 지붕을 때리듯 했다. 무리들을 피해 바로 내리막길로 발을 디뎠다. 모데라토 속도로 발걸음을 전환했다.

　하하하하!

　또 젠장! 아까 그 무리들도 내려오는 모양이었다. 웃음소리가 날 비웃는 듯했다. 이제 발걸음은 프레스토. 저놈들도 프레스토인지 나와 격차가 줄지 않았다.

　큰 소리로 대화했다가 소곤거렸다가 날 헷갈리게 했다. 소곤거릴 땐 내 얘기가 아닌가 귀를 기울였다.

　하하하하!

　웃음소리가 내 뒤통수를 통과해서 저 앞에까지 날아갔다. 마스크를 내리고 긴장된 숨을 내뱉으며 걸었다.

하하하!

이번엔 저 밑에서 또 한 무리가 날 보며 올라오고 있었다. 얼른 마스크를 쓰고 샛길로 빠졌다. 잘 모르는 길이지만 계속 아래로 달아나듯 내려갔다.

정말 젠장! 길을 잃었다. 주변에 사람 소리가 멀어진 지는 오래다. 이따금씩 바람 부는 소리에 나뭇가지 흔들리는 소리뿐, 겨울이라 해가 빨리 져서 어두컴컴하고 추웠다. 물 흐르는 곳을 찾았다. 최종 목적지는 아래쪽이라 물길을 따라가서 아무 동네만 도착하면 된다.

작은 계곡 물길을 따라 걷는데 저 앞에 소리가 났다.

아까 그놈들은 아니겠지.

흑! 더 놀라운 풍경이 펼쳐졌다.

시커먼 것들이 계곡 물에서 왔다 갔다 했다. 처음엔 어두컴컴해서 멧돼지 떼인 줄 알았다.

"야, 역시 인간들이 하는 놀이가 재밌어."

인간들?

그들은 계곡에서 헤엄치고 있었다.

이 추운데 무슨 물놀이?

분명 사람 목소린데 형체는 이상했다. 거무스름한 몸에 결정적으로 머리에 소뿔 같은 게 눈에 띄었다.

저건 또 무슨 콘셉트?

이 시간, 이 장소에서 저런 짓 하는 인간들이라면 분명 제정신이 아닐 것이다.

유튜버들?

이 죽일 놈들이라면 충분히 저럴 수 있다. 조회 수를 위해서라면 저놈들은 도깨비로 변신할 수 있는 놈들이다.

좀 더 자세히 보려고 살며시 내려가서 바위 뒤에 숨었다. 이리저리 둘러보니 방송 장비도 없었다. 대신 큰 돌 위에 방망이 여러 개와 검은 모자가 하나 있었다. 눈에 힘을 주고 어둠을 뚫으며 놈들 얼굴에 초점을 맞췄다. 커다란 눈이 하나였다.

맞았다. 전설이 맞았다. 도깨비다!!

"자, 이젠 다이빙이다. 얼마 전 올림픽을 보니 인간들이 높은 데서 뛰어내리더라고." 뚱뚱 도깨비가 방망이를 집더니 계곡물을 가르듯 내리쳤다.

철썩!

어느새 허름한 옷 대신 수영복 입은 도깨비로 변신했다. 그것도 아레나 수영복이었다.

말로만 듣던 도깨비 방망이?

뚱뚱이는 높은 바위 위로 올라가더니 두 손을 하늘 높이 뻗어 폼을 잡았다. 어디서 본 건 있는 모양이다.

바로 뛰어내렸다. 한 바퀴 반 회전하더니 풍덩이 아닌 철퍼덩! 소리였다. 배가 먼저 떨어져 버렸다.

온 사방으로 물방울이 튀어 다른 도깨비 싸다구를 때렸다.

"10점 만점에 2점!" 날씬 도깨비가 그 와중에 점수를 매겼다.

물거품이 일며 뚱뚱이 뿔이 쑤욱 올라왔다.

콜록콜록! 우웩!

뚱뚱이는 한껏 물을 뱉어 냈다.

"아, 따가워! 뿔이 바닥에 꽂힐 뻔했어. 여긴 낮아서 다이빙은 안 되겠다."

"그럼, 이번엔 술래잡기. 인간 아이들이 많이 하던데 우린 좀 더 업그레이드다!" 덩치 좋은 도깨비가 계곡물 밖으로 나와서는 검은 모자를 집어 들더니 머리에 썼다. "자, 나 잡아 봐라." 하며 시야에서 사라졌다.

윽!

하마터면 난 소리칠 뻔했다. 어두워서 잠시 안 보였나 싶었다.

아니었다. 말로만 듣던 도깨비감투?

하지만 덩치 도깨비 모습이 다시 나타나며 감투가 밑으로 떨어졌다. 불량품인가 했다.

"하하하! 머리가 너무 커서 감투가 안 들어가잖아!" 앞에 말라깽이 도깨비가 목을 뒤로 젖히며 웃어 댔다.

다른 도깨비들도 뿔이 춤을 추며 웃어 댔다.

이번엔 말라깽이가 감투를 덥석 집더니 머리에 썼다.

쏘옥!

너무 잘 들어갔다. 바로 말라깽이 몸이 사라졌다.

"어어! 앞이 안 보이는데!" 말라깽이는 감투를 벗었다.

"하하하! 넌 머리가 너무 작아 감투가 얼굴까지 가렸잖아!" 덩치는 조금 전 치욕을 갚으려는 듯 더 크게 웃어 댔다.

역시 다른 도깨비들도 뿔을 들썩거리며 웃어 댔다. 서로 감투를 돌려 쓰며 술래잡기했다.

난 추위도 잊은 채 눈 깜빡거리는 시간조차도 아끼며 염탐했다. 마스크 속은 입김만 가득했다.

꿈에 그리던 발명품이 바로 내 눈앞에 있다니!

저걸 어떻게 훔칠까?

발명할 때보다 머리를 더 쥐어 짜냈다.

제발! 제발!

아무리 잔머리를 굴렸지만 머릿속은 어둠보다 더 까맸다.

"자, 이번엔 물에서 할 수 있는 재밌는 놀이가 또 있지. 바로 잠수 놀이!" 대장인 듯한 도깨비가 활짝 웃으며 말했다.

"잠수?" 다른 도깨비들이 고개를 갸우뚱했다.

"그래. 그냥 물속에서 오래 참는 놀이지. 단순한 놀이야. 이 놀이로 폐활량이 제일 좋은 사람, 아니 도깨비를 알 수 있지." 대장 도깨비는 자신만만하게 웃으며 말했다. "폐활량이 좋다면 그만큼 몸이 튼튼하단 뜻이지. 어때? 대결해 볼래? 난 엄청 자신 있거든!" 대장 도깨비는 이미 자신이 우승한 것처럼 우쭐댔다.

그러자 다른 도깨비들은 외눈에서 불이 붙었다. 말 그대로 눈에 불을 켠 눈이었다. 다들 큰 눈에 승부욕이 불타오르는 눈빛이었다.

말로만 듣던 도깨비불?

오늘 신기한 거 많이 본다 싶었다.

옳거니! 좋았어! 어서 빨리 시작해!

일이 의외로 쉽게 풀릴 것 같았다. 저 감투와 도깨비 방망이만 있다면… 크흐흐. 생각만 해도 세상을 다 가진 듯했다.

다들 계곡 물속에 일렬로 서서 몸을 반쯤 담갔다.

"다들 준비됐지? 하나, 둘, 셋!"

대장이 명령하듯이 말하자 다들 숨을 한번 크게 들이쉬고는 물속으로 가라앉듯이 사라졌다.

난 생각할 틈도 없이 다가갔다. 크고 작은 돌들을 조심히 밟으며 내려갔다. 물 위로 일렬로 솟아오른 뿔들이 우스꽝스러웠다.

큰 돌 위에 감투를 집었다. 방망이도 집었다.

윽!

방망이는 무거웠다. 두 손으로도 무리였다. 한 대 맞으면 바로 저승사자가 날 플러팅해서 데려갈 것만 같았다. 방망이는 포기하고 감투만 품에 감싼 채 일어섰다.

 벌써 맨 끝 쪽 도깨비는 뿔이 흔들리고 거품이 조금씩 올라왔다. 난 최대한 조용히 돌들을 밟으며 밑으로 향했다. 몇 발자국만 움직였을 뿐인데 물에서 올라오는 소리가 내 뒤통수를 노크했다. 난 다음 발을 디디려다 삐끗할 뻔했다. 온몸이 싸늘했다.

 그 자리에 몸을 숙여 고개를 돌렸다. 맨 끝 쪽 도깨비가 벌써 물 위로 등장했다. 다행히 날 등졌다.

 폐활량도 더럽게 약한 도깨비 같으니!

 난 숨까지 멈춘 채 도깨비의 널찍한 등짝만 바라봤다.

 바보! 감투가 있었지. 난 바로 감투를 썼다. 큰 머리가 원망스러웠다. 억지로 쑤셔 넣자 진짜 내 몸이 사라졌다.

 저 도깨비가 감투를 찾지 않기만을 바랐다. 도깨비는 고개를 빨리 돌려 주위를 살폈다.

 도깨비 외눈과 마주치자 난 들킨 것처럼 본능적으로 눈을 감았다. 심장이 요동쳤다. 내 심장을 뽑아내고 싶었다. 살며시 실눈을 뜨니 도깨비도 뭔가 들킨 듯 자꾸 두리번거렸다. 그러더니 숨을 한껏 들이마셨다. 다시 물속으로 들어갔다.

 반칙쟁이 같으니!

 난 감투를 쓴 채로 발을 내디뎠지만 내 다리가 보이지 않아 돌을 헛디뎠다. 뒤를 돌아보니 몇몇 뿔들이 흔들렸다. 옆쪽으로 겨우 빠져 숲속으로 들어가서야 감투를 벗었다. 뒤도 돌아보지 않고 냅다 달려 내려오며 속으로 쾌재를 불렀다. 감투를 썼다 벗었다 수십 번이나 반복했다. 벗을 때마다 내리막길에 발을 내딛는 게 어색했다.

 내리막길만 따라 내려오다 보니 엉뚱한 동네였다. 집들이 허름한 걸 보니 달동네였다. 달동네라 그런지 가로등까지 어두웠다. 난 감투를 품에 감싸고 발걸음을 서둘렀다. 전봇대 옆을 지날 때 근처 어딘가 기계 돌아가는 소리가 났다.

덜덜덜, 위이잉!

소리가 나는 방향으로 고개를 돌리니 길다란 간판이 보였다.

「떡 하나 주면 안 잡아먹지!」

난 피식 웃었다. 방앗간 문이 반쯤 열려 있어 안을 잠시 쳐다봤다. 형광등 불빛 아래 두 아이가 바쁘게 움직였다. 남자아이는 얼굴이 뾰루퉁한 채 큰 대야를 들어 옮기고 있었다.

스르륵!

누나로 보이는 애가 방앗간 문을 열고 나오다 내 눈과 마주쳤다. 곧 눈길은 내 품의 감투를 향했다. 어두침침해서 뭔가 싶어 몇 초 동안 보는 듯했다. 난 감투를 더 꽉 감싸안고는 주위를 딴 데로 돌리고자 말을 걸었다.

"너희 둘이 떡 만들고 있는 거야?" 난 고개를 삐죽 내밀어 방앗간 안쪽을 살폈다.

"아, 아니요. 엄마가 아직 오지 않아서 우리가 미리 준비하고 있어요." 여자애는 어색한 미소를 지으며 여전히 눈길은 감투를 향했다.

"여기가 무슨 동네지?"

"여기 옥산동이요."

"옥산동? 고마워." 난 얼른 몸을 돌려 내려왔다.

옆 동네로 잘못 내려왔지만 감투와 충분히 바꿀 만한 기회비용이었다.

내려오다 산길에서 어떤 할아버지께 길을 물어 택시 타고 집으로 왔다.

힘든 하루였지만 감투를 보니 하나도 피곤하지 않았다. 오히려 힘이 남아돌았다.

다시 머리에 쑤셔 넣고 거울을 봤다. 느낌이 이상했다. 약간 저린 느낌? 찌릿한 느낌?

아까 산에서는 긴장해서 잘 몰랐는데 이젠 확실히 느낌이 달랐다. 투명인간으로 변신하는 기운이 솟았다. 머리끝에서 손끝, 발끝까지 조금 찌릿한 느낌이 들며 뭔가 내 몸을 감싸는 방어막이 생기는 기운이었다.

고개를 흔들었다. 손을 세차게 저었다. 허리도 흔들었다. 다리를 들어 발차기도 해 봤다. 완벽했다! 하나도 보이지 않았다.

이쯤 되면 투명망토 발명 안 하길, 아니 못 하길 잘했다.

양손으로 얼굴을 만졌다. 더듬거리며 내 얼굴 윤곽을 확인했다.

사각턱 감추기에는 적격이야!

본격적으로 집에서 걷는 연습을 했다. 역시 내가 안 보여 어색했다.

툭!

우리 집에 모서리가 이렇게 많았었나?

식탁 모서리를 손으로 더듬거렸다. 식탁 위로 물이 담긴 컵을 집으려 했다. 손끝에 밀려 컵이 넘어질 뻔했다. 더듬거리며 다시 집었다가 다시 놓았다. 컵이 둥둥 떴다가 가라앉았다. 접시에 먹다 남은 구운 오징어를 집었다. 입술 옆에 한 번 부딪히고는 입안에 넣었다. 질겅질겅 씹으며 집 안 곳곳을 탐험했다.

벽을 향해 손을 뻗었는데 거리감이 헷갈렸다. 조심히 벽을 짚어 가며 적응 연습을 했다. 내 집인데도 새로웠다.

사람 많은 곳은 절대 피해야 한다. 부딪혀서는 안 된다. 나도 놀라지만 상대방은 뒤집어진다.

어쩌면 일상생활에 불편할 수도 있겠구나!
감투로 뭘 할까 오만가지 상상을 하다 겨우 잠이 들었다.

다음 날 아침 또 감투를 쓰고 손을 뻗어 창문틀을 잡았다. 살짝 열어서 밖을 한 번 보고는 닫았다. 중딩 무리가 휴대폰 게임을 하며 오고 있었다. 다시 창문을 열어 고개를 내밀었다. 중딩 한 명이 창문 여는 소릴 듣고 올려다봤다. 그때 감투 윗부분이 창틀에 걸려 감투가 벗겨졌다. 난 들킨 것처럼 얼른 고개를 뒤로 뺐다.
"야, 나 방금 이상한 거 봤어!" 그 중딩이 얘기하는 듯했다.
난 창문과 떨어져 귀만 기울여 달팽이관에 소리를 모았다.
"진짜야, 창문에 얼굴이 없었는데 다시 생기더니 사라졌어. 못생긴 얼굴이었어!"
여기 죽일 놈이 또 있었네!
"우린 지금도 너라는 못생긴 얼굴 보고 있어 인마! 게임 좀 하자!"
아이들의 짜증이 목소리에 잔뜩 묻어 창문으로 타고 올라왔다.
밤에는 몰래 계단을 오르내렸다. 한 계단씩 천천히 디뎠다. 조금 더 빨리 디뎠다. 몇 번 뛰어서 오르내렸지만 헛디뎌서 넘어질 뻔했다. 아직 계단에서 뛰는 경지는 무리다.
1층 계단 중간쯤 있을 때, 띠띠띠띠띠띠 띠리릭!
현관문이 열렸다. 옆집 여자였다.
2층으로 뛰어 올라가려다 벽에 딱 붙었다.
"2층이랬지?"
뒤에 굵직한 남자 목소리였다.
나란히 올라오면 안 돼!!
난 숨을 들이쉬고는 배를 집어넣었다.

드르르르륵, 툭툭.

큰 캐리어까지?

다행히 여자가 앞장서고, 남자가 캐리어를 끌고 뒤따랐다. 자연스럽게 여자가 내 앞을 지나가고 남자와 캐리어가 올라왔다. 남자는 캐리어가 무거웠는지 내 앞에 잠시 섰다.

윽!

남자가 캐리어를 잠시 내려놓자 바퀴에 내 오른발이 찍혔다. 남자는 눈치채지 못했는지 무덤덤했다.

빌어먹을 놈!

집에 들어와서는 감투를 침대에 벗어 던지고는 털썩 누웠다. 악플의 강박감이 잠시 풀렸다. 세상과 단절하고 숨어 지낼 수 있게 한 이 감투가 새로운 구세주였다. 사실, 세상과의 단절은 아니다. 이제 새로운 세상과의 소통이다.

복수를 하고 싶었다. 세상에 대한 복수를!

3

다음 날, 감투가 벗겨지지 않게 턱끈을 만들었다. 빠르게 복습하듯 집 안을 왔다 갔다 하며 다시 감을 익혔다.

어느 정도 감이 잡히자 본격적으로 밖에 나갈 채비를 했다. 헐렁한 잠바를 걸치고 오징어 다리 하나를 물었다. 몇 개는 잠바 호주머니에 쑤셔 넣었다. 역시 오징어는 울릉도 오징어다.

빌라 현관문을 조심스럽게 열었다. 콧구멍을 벌렁거리며 바깥 공기를 들이마셨다. 차가웠지만 상쾌했다.

쭉 뻗은 골목길이 좁은 활주로 같았다. 뛰어갈 수 없어서 왠지 낯설었다. 어색한 발걸음을 떼었다.

저 앞에 치와와를 끌고 나온 뚱땡이 아줌마가 오고 있었다.

축! 당첨! 공식적 내 첫 임상실험 대상자다. 지나치면서 슬쩍 손으로 쳐 보기로 했다. 아줌마 눈을 똑바로 쳐다보려다 아직 자신이 없어 눈을 깔고 걸었다. 가까이 다가오자 손을 뻗었다.

왈왈! 왈왈!

어느새 치와와가 발밑에서 올려다보며 짖었다. 정확히 잠바 호주머니를 향해 짖었다. 난 흠칫하며 걸음을 옆으로 물렸다. 제발 헐렁한 잠바는 물지 마라 기도했다.

"예삐야! 가자!" 뚱땡이 아줌마는 목줄을 잡아당겨 지나갔다.

왈왈!

치와와는 돌아보며 또 짖었다.

개가 오징어를 좋아했었나?

예상치 못한 적수였다. 길거리에 나무, 가로등, 현수막 같은 무생물들만이 사방에서 날 알아차린 듯했다.

점점 음흉하고 못된 생각이 먼저 들었다. 이 생각은 어렸을 때나 지금이나 똑같다. 악플 달았던 놈들, 학창 시절 날 괴롭혔던 놈들, 모두 복수해 주고 싶었다.

다들 기다려라! 시뮬레이션 몇 번 하고 플러팅하러 갈 테니!

저기 놀이터에 초딩들이 야구 놀이가 한창이었다. 가서 장난을 좀 치기로 했다.

타자 맞은편으로 다가갔다.

퍽!

야구공에 내가 먼저 맞았다. 악 소리도 내지 못하고 이마만 만져댔다.

빌어먹을 투수! 더 강한 적수였다.

"방금 어떻게 던진 거야?" 타자가 고개를 갸웃거리며 물었다.

투수는 눈이 동그래지고 입술만 깔짝대며 얼버무렸다.

"야구공이 이렇게 꺾일 수 있어?" 포수 역시 고개를 갸웃거렸다.

"넌 분명히 최고의 투수가 될 거야!" 앞니 빠진 2루수가 웃으며 박수를 쳤다.

그제야 투수는 우쭐대며 "좋아, 내가 다시 던질 테니 동영상 찍어. 유튜브 올려 보자고." 다시 투구폼을 잡았다.

난 뒤도 안 돌아보고 한 손은 이마, 한 손은 감투를 잡고 도망쳤다. 이마를 만지며 그곳을 향했다. 그래도 오징어 다리는 질겅질겅 씹었다. 카운터 앞을 가볍게 지나 벽을 짚으며 2층 계단을 올랐다. 나의 집념은 대단했다.

꿈에 그리던 여자 목욕탕 입실!

망측했다. 막상 보니 동네 할매들뿐, 감투까지 쓰니 왜 이리 더운지!

역시 뒤도 안 돌아보고 도망쳤다. 계단을 뛰어 내려오는 경지에 쉽게 도달했다.

이젠 지하철 도전이다. 개찰구를 살짝 뛰어넘었다.

지하철 출입문이 열리자 한 발자국 들어서고는 주위를 살폈다. 서 있을까? 빈자리에 앉을까? 아니면 돌아다닐까? 출퇴근 시간이 아니라 부딪칠 확률도 적었고, 빈자리도 있었다. 바로 옆 빈자리에 앉기로 했다.

윽!

출입문이 닫히면서 내 헐렁한 잠바가 문에 끼어 버렸다.

난 몸을 돌려 당겼다. 출입문은 세로로 시커먼 입술을 꽉 다문 채 놓질 않았다. 손으로 잡아당겨서 겨우 빼냈다.

조용히 앉아 둘러보았다. 사람들은 대부분 거북목으로 휴대폰 삼매경이었다. 그러다 경로석 쪽에 옆 칸과 연결된 문이 열리며 누군가 들어왔다. 캐리어보다 더 큰 가방을 끌고 나왔다.

"승객 여러분, 죄송합니다. 오늘은 1회용 밴드를…."

저 사람은 여전하네.

그다음 역에서도 연결된 문으로 누군가 들어왔다. 빈손이었다. 그는 빠르게 지나가며 외쳤다.

"하느님을 믿읍시다!"

저 사람도 여전했다.

그다음 역에서 예상치 못한 변수가 생겼다. 여학생들이 떼거지로 탔다.

하교 시간 멀었는데 뭐지?

우르르 타서는 서로 빈자리에 앉으려고 했다. 난 재빨리 일어났지만 한 학생 어깨에 부딪혔다.

"야! 좀 밀지 마!" 부딪힌 학생이 뒤를 돌아보며 실랑이했다.

난 점점 밀려나 경로석 쪽으로 갔다. 경로석에는 노인들이 절반 정도 차지했다. 애들이라 경로석 쪽으론 밀려오기 싫은지 내 앞에서 멈췄다. 하지만 계속 들어오는 떼거지 적수들을 막을 길이 없었다. 난 뒷걸음을 쳤다. 뒤를 돌아보니 연결된 문이 열려 있어 틈사이로 들어갔다. 문을 닫고 싶었다. 오징어 다리 씹는 내 입속은 더 바빴다. 다행히 내 앞에서 멈췄지만 거의 닿을락 말락 했다. 애들은 상스러운 말까지 섞어 가며 키득거렸다.

얘기를 들어 보니 오늘은 특별활동으로 단체로 영화를 보러 가는 모양이었다.

그러다 내 앞에 여학생이 내 쪽으로 돌아보더니 코를 손으로 막

앉다. 옆에 여학생도 코를 손으로 막았다. 그리고 옆 학생에게 귓속말로 속삭였다.

"노인네들이 이빨도 좋아. 오징어를 졸라 먹었나 봐, 씨이!"

난 순간 입을 다물고 한껏 고인 침을 목구멍으로 꿀꺽 삼켰다. 그러고는 얼굴을 돌려 버렸다.

윽!

바로 그때 옆 칸의 산적 같은 아저씨와 눈이 마주쳤다. 난 또 들킨 양 본능적으로 눈을 감고는 고개를 처박듯이 숙였다. 하마터면 오징어 다리를 삼킬 뻔했다. 산적은 우리 칸 여학생들이 신기한지 뚫어지게 바라만 볼 뿐이었다.

와! 다들 강적들이다!

몇 정거장을 간 뒤 아이들이 우르르 내리자 나도 내렸다. 이제야 제대로 숨을 쉬었다. 오징어도 맘껏 씹었고 냄새도 맘껏 내뿜었다. 보이지 않는 자유로움이 아닌 보이지 않는 갑갑함이었다.

이건 뭐 스릴도 아닌 답답함의 연속이었다.

은행에 갔다. 그럴 생각은 없었지만 현금에 손대 볼까 하는 호기심이었다. 창구 안으로 들어가서 몰래 빼내야 되는데 용기가 나지 않았다.

잠시 동안 돈다발이 둥둥 떠다녀야 되는데 가능할까?

간이 작아서 아직 무리다.

포기하고 마트로 갔다. 여기선 뭔가 될 것 같았다. 사람이 없는 코너로 가서 재빨리 물건을 집어 감투 속에 넣어 가지고 나왔다.

스릴 만점이었다. 조금씩 필요한 걸 훔쳤다. 굳이 필요 없는 물건인데도 중독된 양 훔쳤다.

며칠 지나니 거실에는 진짜 주인을 찾는 물건들로 나뒹굴었다. 나름 임상실험이라 정당화했다. 이게 힘들게 얻은 감투에 대한 예의였다.

영화는 당연 공짜였다. 밥은 공짜로 먹는 실험은 어떻게 할까 고민했다.

들어갈 땐 감투를 쓰지 않고 들어간다. 메뉴를 주문한다. 다 먹고 아무도 안 볼 때 재빨리 감투를 쓰고 도망쳐 나온다.

고개를 부르르 흔들었다. 정말 없어 보여 공짜 밥은 포기했다.

저녁에 집에 오는데 그놈이 또 우리 빌라 앞에 주차를 해 놓았다. 그놈 인상이 영화에 나오는 전형적인 나쁜 놈 인상이었다. 이때까진 아무 말 못 했는데 이젠 복수할 수 있었다.

다음 날 마주친 나쁜 놈은 얼굴을 찌그러트렸다.

"아이 씨! 어떤 놈이 내 차에 펑크를 낸 거야?"

나쁜 놈이 얼굴까지 찌그러트리니 역겨웠다.

"CCTV 확인해 보면 되겠네요." 난 걱정해 주는 척 속으로 깔깔거렸다.

4

집에서 쉬면서 조심스럽게 유튜브를 열었다. 안 보려고 했지만 이젠 생활의 일부분이 되어 버렸다.

내가 잊힐 때쯤 됐겠지.

무명 연예인 공춘팔 소식이 우선순위로 떴다.

〈훈훈한 연예인, 공춘팔〉

휴대폰을 던지고 싶었지만 이미 내 오른손 집게손가락은 화면을

터치했다.

　인기 가수 콘서트장에서 불이 났는데, 누군가 제일 먼저 소화기를 들고 용감하게 불을 끄고는 관객들을 신속하게 대피시켰다고 했다. 나중에 보니 정작 자신은 2도 화상을 입은 줄도 모르고 살신성인했으며 그는 촬영 카메라를 피해 달아나듯 도망갔다고 보도했다.
　네티즌 수사대의 숨은 영웅 찾기 프로젝트가 시작되자 금방 찾아냈다. 무명 연예인 공춘팔이었다.
　무명 연예인이 영웅이 되는 순간이었다. 한순간의 숏폼으로 공춘팔의 인기는 떡상했다.
　다밝혀 이놈은 운도 참 좋지!
　방송국이 나서서 공춘팔을 띄워 주고 정식으로 인터뷰 요청도 했다.
　공춘팔은 부끄럽다고 했다. 그의 인터뷰도 우리 사회에 신선한 충격을 주었다.

"큰일도 아닌데 제가 마치 영웅이 된 것처럼 띄워 주고 있어요. 이런 거 좀 안 했으면 합니다. SNS의 발달로 영웅과 마녀 만들기가 너무 쉬워진 것 같아 안타까워요. 조금 좋은 일을 한 것 가지고 이런 식으로 퍼뜨리면 당사자들이 너무 부끄러울 것 같아요. 반대로 몇 달 전 어떤 사람처럼 조금 잘못한 것 가지고 마녀사냥 식으로 몰아붙이니 그분 인생도 힘들어지겠지요. 누구나 실수는 할 수는 있습니다. 저 역시 운 좋게 선행하는 게 찍혔을 뿐이죠. 저도 가끔은 무단 횡단하고 운전할 때 신호 위반도 한답니다. 한순간의 평범한 일상을 침소봉대해서 너무 쉽게 영웅과 마녀로 각인이 안 됐으면 좋겠습니다."

또 SNS에서는 개념 연예인이라고 띄워 주었다.

- 어쩜 저리 말도 곱게 하시지?
- 괴짜 발명가까지 걱정해 주고 인성이 바른 연예인이야. 윤민천, 보고 있나?
- 연예인 직업은 어쩔 수 없지. 평상시 이미지 관리 잘해야 돼. 괴짜 발명가는 이제 연예인 생활은 끝.

⋮

이젠 잊히기는 글렀다.
공춘팔은 방송 섭외 요청과 광고로 20년 무명을 벗어났다고 했다.
다밝혀! 어디 두고 보자!

이제 본격적인 복수의 시작이다.
복수 대상자를 누구로 정할지가 우선순위였다. 복수할 놈이 한둘이 아니었다. 다밝혀, 쫄따구는 당연 0순위, 나머지는 악플을 보고 학창 시절 알 만한 놈들 몇 명을 지목했다.
흥신소에 돈 좀 주고 의뢰하니 놈들 주소와 연락처를 쉽게 알아냈다. 대포폰도 하나 구입했다. 흥분된 마음에 대포폰으로 협박 문자를 보내려고 했지만 접었다. 그럴 경우 내가 0순위로 용의자가 될 것 같아서였다. 직접 부딪히기로 했다.
이놈들의 손가락질이 문제니 손가락을 부러뜨리고 싶었다. 이 모든 게 빌어먹을 스마트폰 때문이다. 개나 소나 먹잇감에 달려들어 잘 알지도 못하는 사람에게 비난을 퍼붓게 된 매개체가 스마트폰이다.
 더 거슬러 올라가면 스티브 잡스가 원망스러웠다.
 손가락을 부러뜨리고 휴대폰까지 부숴 버리고 싶었다.
 마음 같아서는 다밝혀와 쫄따구 이놈을 맨 먼저 혼내 주고 싶었지만 난 부산, 다밝혀는 서울, 쫄따구는 전라도라 거리가 좀 있었다. 어쩌면 잘됐다 싶었다. 맨 먼저 실행하면 실패할 확률도 있으니 다른 놈 먼저 시뮬레이션해 보고 멀리 가기로 했다.

 먼저 제일 가까운 김정묵!
 김정묵은 고등학교 동기였다. 덩치가 좀 있었던 걸로 기억한다. 덩치에 맞지 않게 온갖 잡다한 걸 부풀려서 악플을 달았던 놈이다.
 넌 그냥 재수 없게 일 빠로 걸렸다고 생각해라!
 어쩌면 처음이라 실패할 확률도 있으니 재수가 좋을 수도 있다. 실패할 걸 대비해서 절대 흔적을 남겨서는 안 된다. 진짜 휴대폰은 집에 고이 재워 두었다.
 놈이 혼자 있으면 괜찮은데 다른 사람이 있으면 복수하기 번거롭다. 복수하다 서로 몸뚱이가 얽히고설키면 죽일 수도 있다. 나도 내 성격을 잘 안다. 극한의 상황이 되면 눈에 뵈는 게 없는 성격이다. 폭력을 쓰더라도 치명적 무기는 쓰지 않고 맨손으로 하기로 했다. 일단 놈들 스마트폰을 빼앗아 부숴 놓고 여유가 되면 물리적 피해를 주기로 했다. 어쩌면 소심한 복수가 되겠다.
 밤에 감투를 쓴 채로 대중교통을 몰래 타서 도착했다. 옆 동네지만 삶의 질이 우리 동네보다 조금 떨어졌다. 놈의 집은 좁은 골목길 안쪽에 허름한 단독주택이었다. 안쪽으로 들어가니 어두운 가로등이 전봇대를 비추고, 꾹꾹 쑤셔 담은 쓰레기봉투가 지친 듯 전봇대에 기대어 있었다. 어떤 건 검은 비닐봉지에 그대로 버려 나뒹굴었다. 분리수거를 제대로 안 했는지 길고양들이 쓰레기봉투를 뜯어 음식 찌꺼기를 핥고 있었다.

담 때문에 집 안쪽이 잘 안 보였지만 대화 소리가 들리는 걸 보니 가족과 함께 사는 것 같았다. 뒤로 몇 발자국 물러선 다음 주변을 살폈다. 아무도 없자 도움닫기를 하고 뛰어서 담을 짚었다.

"으으…"

학창 시절 담벼락 뛰어넘은 이후 처음이라 힘에 부쳤다. 작은 마당에 조그만 텃밭이 있었다. 불이 켜진 거실 쪽을 고개를 들어 살짝 쳐다보았다. 가족이 교촌 치킨을 뜯으며 싱글벙글했다.

"하하하하."

또 날 비웃는 듯했다.

"정묵이는 연락도 없네. 여행이 재밌나 봐."

헛수고다!

"남자끼리 뭔 재미가 있겠어."

"여자는 제주도에서 만나 현지조달 하겠지. 흐흐."

이대로 돌아가기 싫었다. 가족한테라도 화풀이하려고 텃밭에 둘러놓은 돌을 하나 빼냈다. 넓적한 돌을 오른손에 쥐었다.

"하하하하!"

재수 없는 웃음소리에 넓적한 돌을 꽉 쥐고는 창문을 노려보았다. 던지려다 손에 힘을 풀었다. 목표는 가족이 아니었다.

다시 끙끙거리며 담을 뛰어넘어 돌아왔다. 가까운 옆 동네라 천만다행이었다.

김정묵, 넌 일단 보류!

이번에도 가까운 놈한테 가기로 했다.

버스에 할머니와 임산부 얘길 했던 동기를 찾았다.

박도식!

별 사소한 것까지 제보해서 날 망신 주다니!

이젠 내가 망신 줄 차례다.

그놈 집이 고등학교 근처라 찾기 쉬웠다.

도식이가 사는 오피스텔 5층을 쳐다보았다.

폰 떨어뜨리기 딱 좋다!

혼자 살고 있을 확률이 높으니 복수하기도 안성맞춤이었다. 엘리베이터에 타서는 5층 버튼을 눌렀다. 중간에 누군가 타서 놀라지 않기만을 바랐다.

띵!

5층에서 엘리베이터 문이 열리며 눈이 마주쳤다. 택배 기사였다.

잽싸게 내려 501호 앞에 섰다. 주먹을 쥐었다 폈다 했다. 시나리오대로 되길 바라면서.

약간 떨리는 손끝으로 초인종을 눌렀다.

띵동!

아무런 반응이 없었다. 다시 한번 누르려다 화장실 물 내리는 소리가 들렸다.

"누구세요?"

도식이 목소리가 맞는 듯했다.

"네, 관리실에 나왔는데 며칠째 층간 소음 민원이 들어와서 확인차 방문드렸습니다." 난 각본대로 내 대사를 덤덤하게 내뱉었다.

"나 혼자 사는데 무슨!!"

도식이의 짜증 난 목소리가 문을 통과해서 내 귓구멍에 박혔다.

도식이 목소리가 확실했다.
그래, 혼자 좋지!
난 문 옆 벽에 붙었다.
철컥하며 문이 빼꼼히 열렸다. 도식이는 정면에 아무도 없자 양옆으로 고개를 내밀어 누군가를 찾았다. 오랜만에 얼굴을 보니 학창시절 한 대 쳐 버리고 싶었던 그 얼굴이 맞았다. 저절로 주먹이 쥐어졌다. 손을 쳐다보니 폰이 없었다. 난 손가락을 낚아채듯 잡아 부러뜨릴 듯이 확 잡아당겼다. 뚝! 하는 소리가 내 심장을 뛰게 했다.
윽!
도식이는 문을 박차듯 튕겨 나오며 복도에 나자빠졌다. 말 그대로 철퍼덕이었다.
난 쳐다보지도 않고 현관에 들어갔다.
윽!
이번엔 내가 나자빠질 뻔했다. 여자가 튀어나왔다.
"자기야, 무슨 일이야?" 여자는 맨발로 좁은 현관으로 나왔다.
난 벽과 한 몸이 되어 착 달라붙었다. 찐한 화장품 냄새가 코끝을 자극했다.
순간 본 거지만, 예뻤다.
여자를 보자 난 더더욱 이성을 잃었다.
모태솔로인 나를 더 자극하다니!
안에 들어가니 작은 소파에 폰이 있었다. 두 개였다. 예쁜 여자한텐 미안했다. 둘 다 얼른 집어 바지 주머니에 넣었다.
"누군가 내 손가락을 잡아당겼어!" 도식이는 밖에서 헛소리했다.
난 도식이의 컴퓨터 모니터를 들어 올려서 바닥에 내려쳤다. 본체도 내려쳤다. 키보드를 창문으로 던지려다 신고가 들어올까 봐 바닥에 내동댕이쳤다. 도식이와 여자가 들어왔다. 아픈 손가락을 부여잡은 도식이의 찌그러진 인상이 방바닥을 보더니 울상으로 변했다. 희한한 광경에 둘은 눈만 뜬 채 눈알만 이리저리 굴렸다. 아가리를 날리려고 주먹을 꽉 쥐었다. 하지만 옆에 여자 얼굴을 보고는 주먹을 풀었다.

난 둘을 살짝 돌아 밖을 나갔다. 문을 일부러 쾅 닫았다. 복도로 가서 창문을 열었다.

곧 문이 다시 열리고 둘이 나오자 난 폰을 꺼내들어 창문을 두드렸다. 둘은 또 눈알이 커졌다. 난 던졌다.

"어어!" 동시에 둘의 목소리가 화음을 이뤘다.

몇 초 뒤 폰들이 추락사하는 화음도 함께 어울렸다.

타닥탁탁!!

둘은 창문으로 뛰어왔다. 고개를 빠질 듯이 내밀고는 밑에만 쳐다보았다.

마치 자살하려고 뛰어내린 사람을 본 표정이었다.

일단 성공!

난 엘리베이터를 누르려다 둘이 급히 오자 계단으로 내려왔다. 1층에 오자 이미 둘은 부서진 폰 쪼가리들을 주우며 구시렁거렸다.

한동안 키보드 손가락질은 못 하겠지.

다음은 전라도에 있는 쫄따구 박진혁. 한번 범죄를 저지르니 대담함이 내 간을 자극했다. 부산에 살다 보니 전라도 쪽을 갈 일이 없었는데 이참에 동서 화합의 장을 열기로 했다. 한 번 더 시행착오를 거치면 다밝혀는 완벽하게 복수할 수 있을 듯했다.

평일 오후라 열차에는 사람이 많이 없었지만 공짜 자리에 앉아

잠을 자기도 불편했다. 다음 역에서 누가 내 무릎에 앉으면 안 되니깐. 도착해서는 버스로 갈아탔다. 저녁쯤 되어 쫄따구집 동네에 도착했다. 사람들이 많이 없어 빠른 걸음으로 걸었다. 삼거리에서 모퉁이를 돌려다 고개를 먼저 내밀어 살폈다.

읍!

난 소리 지르다 코끝이 찡했다.

웬 킥보드 탄 놈이 코끝을 스치며 휙 지나쳤다. 고개를 내밀길 잘했다.

월! 월월!

모퉁이를 돌아서니 이번엔 허연 털에 땟자국이 덕지덕지 묻은 개가 나타났다. 유기견 같았다. 제발 내 옷만 물어뜯지 말라고 빌었다. 밖에 있으면 의외로 개와 마주칠 상황이 많겠다 싶었다. 저쪽에서 동네 할머니 같은 한 분이 오고 있었고, 개는 계속 나를 향해 짖었다.

월월!

"저놈이 며칠 밥을 못 먹었나, 헛것이 보이는가벼!" 할머니는 무심코 지나갔다.

내가 발을 구르며 저리 가 외치자 유기견은 몇 번 짖더니 다른 데로 갔다.

다음엔 개뼈다귀라도 준비해서 와야겠다.

대원 아파트 607호, 오래된 아파트였다. 오래된 아파트면 큰 평수라 혼자 살지 않을 것 같았다. 가족과 함께 있을 가능성이 높아 작전을 바꿔야만 했다.

문 앞에만 서 있었는데도 여러 목소리가 들렸다.

띵동!

"누구세요?"

목소리가 긴가민가했다. 혹시 다른 형제 목소리일 수 있으니 옆에 서서 문이 열리기를 지켜보았다. 철커덩 문이 열리더니 둘러보고는 다시 닫았다.

썩은 곰팡이! 쫄따구가 맞았다.

띵동!

이번엔 계단 밑으로 내려갔다.

문이 열리자 난 뛰어 내려가는 척 발소리를 크게 냈다.

"누가 자꾸 장난치는데!"

짜증 난 목소리가 내 복수심을 더욱 자극했다. 쾅! 하고 문이 닫혔다.

"어떤 또라이야? 그냥 밥이나 먹어." 여동생 같은 목소리가 걸걸하게 흘러나왔다.

진짜 또라이가 뭔지 곧 보게 될 거야.

띵동!

좀 더 빨리 문이 열리고 쫄따구가 "거기 서!" 하며 문을 부술 듯 박차고 나와서는 계단으로 뛰었다. 밥알도 함께 튀어나와 뛰었다.

그 틈을 타 난 자연스럽게 들어갔다.

"진혁아! 그냥 밥이나 처먹어!" 형 같은 사람이 입속에 밥을 넣은 채 소리를 질렀다.

다들 식탁에서 저녁을 먹고 있었다. 부모님과 형, 여동생, 네 명이 밥을 먹고 있었고 한 자리는 빈자리였다. 빈자리 위에 휴대폰이 있었다.

저거다!

마술을 좀 보여 주지.

폰을 집어 호주머니에 넣었다.

어때! 무섭지?

젠장! 다들 밥 처먹는다고 타이밍을 놓쳤다.

그때 쫄따구가 현관에 들어왔다.

"벌써 안 보이던데. 투명인간이야 뭐야?" 쫄따구는 입안에 남은 밥을 씹으며 씩씩거렸다.

자세히 보니 쫄따구는 더 썩고 늙은 곰팡이 얼굴로 변해 있었다. 쫄따구가 식탁에 앉았다.

"어, 내 휴대폰?" 쫄따구는 가족을 둘러보았다.

"아까 있었던 것 같은데." 아버지가 국을 뜨면서 말했다.

"밖에 나갈 때 가져간 거 아냐?" 형이 밥 한 숟갈을 입에 넣으며 말했다.

쫄따구는 잠깐 생각을 하더니 "아니, 분명 조금 전까지 여기 있었어." 하며 식탁 밑을 살폈다.

전라도까지 와서 그냥 가면 미안하지.

마술 대신 행패를 보여 주기로 했다. 나는 두 손을 식탁 밑에 쑥 집어넣어 들어 올렸다. 그리고 그대로 엎어 버렸다.

우당탕탕! 쨍그랑!!

"어이구야!" 엄마는 입안에 밥풀을 내뿜었다.

"어, 이거 뭔데!!" 여동생도 옷에 묻은 음식물을 털어 내며 또 걸걸하게 소리쳤다.

예전에 헬스 다닌 걸 이렇게 써먹다니!

밑에 있던 쫄따구도 화들짝 놀라 고개를 들었다. 난 폰을 꺼내 들었다. 역시 다들 눈이 휘둥그레졌다. 난 망설임 없이 바닥에 내팽개쳤다.

퍽!

액정 나가는 소리가 경쾌했다. 결국 마술을 보여 줘 버렸다.

"윽!!" 쫄따구는 황급히 부서진 폰을 주워들었다.

폰 부서진 걸로는 화가 풀리지 않았다. 여동생을 보니 쫄따구 얼굴에 긴 가발만 썼다. 도식이 커플과 대조가 되었다. 주먹을 꽉 쥐었다. 커진 간을 좀 더 시험하고 싶었다.

아가리 꽉 다물어! 하고 속으로만 외치고 오른 주먹을 날렸다.

뻑!

퍽도 아닌 뻑!

어금니가 부러지는 게 아닌 뽑히는 소리였다.

윽!

쫄따구는 영문도 모르고 폰을 한 손에 든 채 바닥으로 쓰러졌다.

"어!" 옆에 형이 가까스로 부축했다.

동네 치과 의사한테 칭찬이나 받으러 가야겠다.

난 서둘러 밖을 나왔다. 드디어 완전범죄 성공이었다.

하지만 내 주먹도 얼얼했다. 생전 처음으로 주먹으로 아가리를 날린 셈이니 제법 아팠다.

다시 부산으로 감투를 쓴 채로 돌아왔다. 감투 쓴 채로 먼 길 왔다 갔다 하는 게 힘들었다.

역시 어웨이 경기는 힘들다.

이제 제일 큰 복수가 남았다.

유튜버 다밝혀!!

시뮬레이션을 다양하게 했으니 자신감이 붙었다.

이놈은 서울이라 어웨이 경기를 단단히 각오해야 했다. 제일 나쁜 놈인 만큼 제일 크게 완전범죄를 저질러야 할 놈이었다.

덕분에 처음으로 KTX를 탔다. 놈의 집은 작은 단독주택이었다. 관리실 방문 핑계는 안 되고, 초인종 눌러서 나오면 바로 손가락을 확 잡아당기기로 했다. 망치 없이도 손가락질을 못 하게 할 수 있는 방법이 의외로 쉬웠다. 도식이 때처럼 뚝 하는 소리를 다시 듣고 싶은 욕망이 내 심장을 강타했다. 이놈은 유튜브를 통해 혼자 산다고 얼핏 들은 적이 있어서 안심이 되었다. 얼굴도 내가 씹었던 오징어보다 더 엉망이어서 여자는 없을 게 분명했다. 유튜브 방송 시간이 7시니까 6시 반쯤에 갔다.

출입문도 하나만 열면 바로 현관인 집이었다.

하늘이 날 돕는구나!

아참! 방송 장비까지 있었지!

당분간 방송 못 하게 다 때리 쌔리 쳐 뿌셔뿌셔 해 줄 것이다!!

어두컴컴한 주변을 살피며 아무도 없자 초인종을 눌렀다.

띵동!

몇 초가 지났는데도 아무런 반응이 없었다. 한 번 더 누르려는데 강렬한 불빛이 내 뺨을 뜨듯하게 달궜다. 차 한 대가 날 비추며 다가왔다. 난 눈을 감고 고개를 돌려 옆으로 두어 발자국 물러났다. 불빛이 꺼지자 얼른 고개를 들어 운전석을 살폈다. 다밝혀였다.

보조석에서 누군가 먼저 내렸다.

두 명? 또 변수가 생겼다. 남자 형체였다.

저 사람은 공춘팔? 깜짝 게스트?

공춘팔을 방송에 한번 초대할 거라 했는데 오늘인가 보다.

그날 이후로 빨리도 친해졌군.

둘 다 운이 좋은 놈들이니 부러울 따름이었다. 이게 더 날 미치게 했다.

다밝혀는 내리지 않고 차를 담벼락에 바짝 붙이려고 후진을 했다. 난 머릿속에서 계획을 진화시켜 집에 들어가는 방식을 바꿨다. 공춘팔한텐 참 미안하게 됐다. 굳이 죄가 있다면 착한 일을 하는 바람에 내가 개망신을 당하게 한 죄다.

차가 후진했다가 다시 전진하며 담벼락에 바짝 붙여 주차했다.

"빨리 방송 준비해야겠어." 다밝혀가 차에서 내려 서둘렀다.

"화장 안 했는데 카메라발 잘 받을지 모르겠네." 공춘팔이 웃으며 뒤따랐다.

방송하기 전에 모든 걸 끝내야 한다. 구독자들이 마술쇼를 보게 할 순 없다.

다밝혀가 먼저 들어가고 공춘팔이 들어가면서 문을 닫으려고 했다. 그때 내 발을 집어넣었다. 문이 닫히려다 반동으로 다시 열렸다. 공춘팔은 얼떨결에 문손잡이를 놓쳤다.

그 틈에 난 얼른 몸을 세로로 납작하게 하고 안으로 쏙 들어갔다. 공춘팔 팔에 약간 부딪히듯 스쳤지만 놈은 얼떨결이라 느끼지 못했다.

"어!" 공춘팔이 열린 문을 보며 의아해했다.

"왜?" 다밝혀가 돌아보며 물었다.

공춘팔이 문손잡이를 잡아 다시 당기자 아무런 문제 없이 닫혔다.

"아, 아니야." 공춘팔은 고개를 갸우뚱하며 따라 들어갔다.

멍멍!!

이런 개자식! 작은 치와와였지만 목소리가 앙칼졌다.

이 중요한 순간에 강적이!!

"멍멍스! 춘팔이 형 몇 번 봤잖아? 조용히 해!"

그래도 짖어 댔다. 내가 왼쪽, 오른쪽으로 움직이자 따라오며 짖어 댔다.

"멍멍스가 오래 살더니 노안이 왔나, 눈이 잘 안 보이나 봐." 공춘팔이 소파에 앉으며 말했다.

"이놈 옛날 같으면 한 그릇도 안 될 놈인데 시대 잘 타고 태어났어." 다밝혀는 보신탕 농담을 던지며 식탁 쪽으로 갔다.

이런 씨이! 이놈 때문에 서울까지 왔는데 그냥 갈 수 없다!

어떻게든 다 때리 쌔리 쳐 뿌셔뿌셔 해야 한다. 다밝혀는 폰을 식탁 위에 놓고는 냉장고 문을 열었다. 시간이 촉박한지 물을 꺼내 벌컥벌컥 마셨다. 난 개소리를 무시하고 빠른 걸음으로 식탁에 다가갔다. 손을 뻗었다. 거기까지였다.

윽!

이 개자식이 내 바짓가랑이를 물었다.

으응! 하며 자기 쪽으로 끌어당겼다.

난 바지를 당기며 딸려 가지 않으려고 온몸에 힘을 주었다. 개가 물어뜯는 팬터마임 같은 상황에 다밝혀와 공춘팔은 신기하게 쳐다보았다.

"어! 진짜 리얼한데! 노안이 아니라 멋진 노망이 들었어!" 공춘팔이 허리를 숙여 개를 보며 눈알이 바쁘게 굴러갔다.

난 개자식 이빨만 쳐다보며 제발 놔주라고 속으로 애원했다.

다급해진 나는 바지를 끌어당겼다. 쪼끄마한 게 아가리 힘은 되게 셌다. 이놈 아가리도 날리고 싶었다.

으응!

개자식은 더욱 끌어당겼다. 나도 억지로 당겼다간 바지가 찢어질 판이었다. 어쩔 수 없이 살살 딸려 갔다. 식탁에 폰과는 조금씩 멀어졌다. 마술쇼는 글렀다.

다밝혀는 이쪽으로 발걸음을 옮기며 역시 눈알 굴리기 바빴다.

안 되겠다 싶어 왼손 주먹을 쥐었다. 오른손은 아직도 아팠다. 다밝혀 아가리를 날리고 일단 도망갈 생각이었다. 왼손 주먹에 아드레날린 근육을 집합시켰다. 이번엔 원 터치 투 강냉이다!

서울 치과 의사도 나한테 고마워해야 할 거야!

"이거 찍자!" 다밝혀가 식탁으로 가서 폰을 집어 들었다.

사정거리를 벗어나 버렸다.

"그래, 지금 생방송으로 내보내면 조회 수 엄청 나오겠어! 멍멍스가 저세상 가기 전 마지막 퍼포먼스다. 하하." 공춘팔은 얼른 방문을 열었다.

열린 문틈으로 방송 장비가 보였다. 내가 도망쳐야 할 판이었다.

난 손을 뻗어 개 모가지를 쥐었다. 물컹한 게 조금만 힘주면 죽일 것 같았다.

으응!

이놈은 저승사자와 소개팅하고 싶은지 놓을 생각이 없나 보다.

난 어금니를 꽉 깨물고 더 꽉 쥐어 버렸다.

깨갱!

개자식은 숨이 막혔는지 그제야 입을 벌려 놓았다. 던져 버리려다 방바닥에 굴리듯이 밀쳐 냈다. 개자식은 한 번 구르더니 균형을 잡고 일어섰다.

"낙법까지? 벌써 끝난 거야?" 다밝혀가 폰으로 찍다가 김빠진 말투였다.

"세팅도 다 됐는데." 공춘팔도 방에서 나오며 김이 빠진 표정이었다.

난 현관으로 빠른 걸음을 했다.

멍멍!

다시 쫓아왔다. 아까보단 소극적이었다. 난 바짓가랑이를 꽉 부여잡고 현관문을 열었다.

"어, 아까 문 꽉 안 닫았어?" 다밝혀 목소리가 내 뒤통수를 치는 듯했다.

난 뛰듯이 골목길을 빠져나와 모퉁이를 돌았다.

멍멍!

여전히 개자식 짖어 대는 소리가 옅게 들렸다.

전봇대에 몸을 기댔다. 그제야 온몸이 땀으로 샤워하고 있는 걸 알았다.

정말 빌어먹을 젠장이다!

서울 원정까지 와서 기회를 놓쳤다. 이대로 내려가기엔 너무 억울했다.

다밝혀 집을 벗어나 CCTV가 없는 골목길로 들어갔다. 감투를 벗고 거닐었다. 갑갑했던 몸이 한결 가벼웠다.

이젠 개자식까지 복수의 대상이 되었다. 아무리 생각했지만 저 개를 어떻게 할지 아이디어가 떠오르지 않았다. 이것저것 생각해 보았다.

그냥 이판사판으로 막 쳐 버려?

아니다. 이럴 때일수록 이성적으로 범죄를 저질러야 한다.

유튜브를 켰다. 조금 전 일어난 일을 둘이 신나게 지껄였다.

'귀신을 물어뜯는 노견 팬터마임 포포몬쓰!!' 하며 신나 했다.

신기하다는 댓글보다 태클 거는 댓글이 더 많았다.

- 주작 아냐?
- 하도 요즘 CG나 AI, 딥페이크 기술이 발달해서 구분할 수 있어야지.
- 야, 애완견 연습시킨다고 진짜 고생했겠다. 훈련시킨다고 수고했어.
- 주작이면 당신도 유튜브 인생 끝이야.

다밝혀는 절대 아니라고 했다. 방금 직접 찍었다고 했다.
난 제발 주작으로 몰아가는 댓글이 많이 달리길 바랐다.
참다못해 나도 익명으로 태클을 걸었다.

- 제발 주작해서 조회 수 올리려 하지 마라. 너한테 당한 사람이 한두 명이냐? 비겁한 놈!

내 글에 좋아요가 더 많아서 흐뭇했다.

- 개가 물어뜯는 물건을 CG 처리한 것 같은데. 그거 아니면 설명이 안 됨.
- 개가 방바닥에 자연스럽게 미끄러지며 낙법까지!
- 보이지 않는 누군가 도와준 것 같은데. 빨리 밝혀라. 나중에 망신당하지 말고!

⋮

다밝혀는 억울한지 답변하기 바빴다.
너도 나처럼 당해 봐라. 개자식보다 못한 놈!

- 그럼 귀신이 집에 있나 보네. 아니면 투명인간이 있든지. 유튜브 대박 나겠는데!

- 개가 귀신 보고 짖은 다음 하얀 소복 물어뜯었네. 귀신도 귀찮아서 발길질하니까 개가 나가떨어진 거지. 역시 난 논리적이야. ㅋㅋ
 - 내가 논리적으로 추리하지. 개가 투명인간한테 막 짖고, 바짓가랑이 물어서 잡아당겼네. 그다음은 투명인간도 열 받으니까 개를 잡아서 내동댕이친 거네. 내가 추리 소설 좀 읽었거든. 아주 논리적이지? ㅋㅋㅋㅋㅋㅋ
 　ㄴ 누굴 놀리냐?

어떻게 해야 할지 속은 화산폭발 직전인 데다 머릿속은 깜깜했다. 일단 작전상 후퇴하기로 했다. 다시 부산으로 힘들게 내려왔다.
　오른쪽 바지 밑부분이 구멍 나고 해졌다. 해진 바지를 보니 아찔했던 순간이 떠올라 머리를 흔들어 댔다. 또 어떤 변수가 있을지 마음은 편치 않았다.
　분한 마음에 침대에 누워서 뒤척이다 새벽에 겨우 잠이 들었다. 서울 원정 경기 치른다고 애를 써서 그런지 다음 날 점심때쯤에야 깨어났다.

5
저녁이 되자 기분 전환 겸 영화나 공짜로 보려고 감투를 쓰고 밖을 다시 나섰다. 근처 영화관 가는 도중 놀이터에서는 초딩 괴롭히는 일진들 두 명이 있었다.
　가만 생각해 보니 내가 너무 나쁜 짓만 해 댔다. 잠시 콘셉트를 바꿔 보기로 했다. 좋은 일 하면서 괴롭히는 방법도 있다는 걸 깜빡했다.
　예전엔 고개를 숙인 채 놈들 눈빛을 피해 지나쳤지만 이젠 다르다. 난 주먹을 꽉 쥐었다 폈다. 모래를 한 움큼 손에 쥐었다. 모래를 살살 밟으며 그놈들을 향해 다가갔다.

일진 한 명이 초딩을 주먹으로 때리려 하자 난 모래를 그놈들 얼굴을 향해 뿌렸다.

"앗! 뭐야!"

놈들은 손으로 눈을 비비듯 만지며 얼굴을 숙였다.

"도망쳐, 얘들아!!"

어디선가 들리는 내 명령에 한 아이가 달아났다. 나머지도 따라 달아났다. 모래에 발자국이 흠뻑흠뻑 파이며 모래알이 흩어졌다.

일진 한 놈이 눈을 감은 채 주먹을 휘둘렀다. 놈은 중심도 잃은 채 허공에 섀도복싱을 했다. 하마터면 내 턱이 날아갈 뻔했다.

나도 덤비려다 모래에 파인 내 발자국을 보고는 들킬까 봐 도망쳤다.

마음이 한결 홀가분해졌다. 영화관 가는 도중 어린이보호구역에 주차된 차량이 거슬렸다. 내친 김에 좋은 일 한 번 더 하기로 했다. 타이어에 펑크를 내려다 송곳이 없었다. 근처 편의점에 가서 유성매직을 구입했다. 펑크 대신 경고 문구만 문짝에 궁서체로 적어 놨다.

'다음번에 또 이러면 투명인간이 펑크 낼 겁니다.'

기분 좋게 영화 한 편 때렸다. 당분간 이렇게 정의의 사도 역할을 하는 거도 괜찮다 싶어 내일부터는 감투 쓰고 착한 일 하러 돌아다녀 보기로 했다.

다음 날 저녁, 유튜브에서 다밝혀를 검색하니 방송 광고가 떴다.

"이번주 토요일에 공춘팔 씨를 한 번 더 모시고 한강 고수부지에서 야외 방송 합니다. 많은 시청 바랍니다."

좋았어, 야외 방송!

둘이 짝짜꿍이 잘 맞아서 잘도 돈 벌어먹는구나 했다.

이번엔 절대 실패는 없다고 결심했다. 토요일이 기다려졌다.

밤 9시 넘어 휴대폰은 집에 두고 감투를 쓰고 길을 나섰다. 오늘은 옆 동네까지 운동 삼아 걸어가 보기로 했다. 평소 청소년들이 우글거리는 골목길로 갔는데 예상대로 어두운 길모퉁이에서 담배 피우는 중학생들이 보였다.

저놈들! 그때 나한테 돈 줄 테니 담배 좀 사 오라던 놈들이었다.

그때 난 '건방진 놈! 어디 감히 어른한테!' 마음속으로만 외치고 사다 주는 부끄러운 짓을 했다.

말이 중학생이지 얼굴은 겉늙은 놈들이었다. 옆 빌라 나쁜 놈 아들들인 줄 알았다.

뚱땡이, 홀쭉이, 키다리 셋 다 개성이 뚜렷하게 생긴 얼굴이었다.

뚱땡이가 쪼그려 앉아 피고 있으니 더욱 둥글넓적했다. 나머지 두 명은 서서 담배를 피우고 있었다. 홀쭉이가 담배를 입에 갖다 대려 하자 내가 담배 쥔 손을 탁 쳐 버렸다. 담배꽁초가 밑으로 떨어지더니 뚱땡이 볼때기에 맞았다.

"앗! 뜨거!!" 뚱땡이는 볼때기를 만지며 벌떡 일어섰다.

"내, 내가 그런 게 아냐!" 홀쭉이는 꽁초를 얼른 주우며 심문하듯 꽁초를 살폈다.

"벌써 수전증 걸렸냐?" 키다리가 놀리듯 얘기했다.

"조심해!" 뚱땡이가 홀쭉이를 한번 흘겨보더니 다시 앉았다.

이번엔 키다리 손을 주목했다. 역시 뚱땡이 얼굴을 향해 쳐 버렸다.

"앗! 씨! 진짜!" 뚱땡이는 또 일어서며 옆을 쳐다봤다.

이미 오른손은 얼굴에 묻은 담뱃재를 털고 있었다.

"나, 난 수전증 아냐!!" 키다리는 고개를 강하게 흔들며 꽁초를 주웠다.

"아, 진짜 둘이 또라이야 뭐야?" 뚱땡이는 왼손에 든 꽁초를 바닥에 패대기쳤다.

난 무서워 자리를 피했다. 잠시 뒤 온갖 욕설과 멱살 잡는 듯한 소리가 내 뒤통수를 때렸다.

착한 일도 만만치 않았다. 투명인간이 되면 배트맨이나 의적 로빈 후드 같은 정의의 사도를 상상했지만 현실은 아니었다. 어쩌면 목숨을 내놓고 착한 일을 해야 할 판이었다.

계속 걸어서 상가 거리로 향했다.

밤 10시가 조금 넘으니 술에 취한 사람들이 눈에 띄었다. 저쪽 길에 술 취한 사람이 행인한테 시비를 걸고 있었다. 가서 혼내 주기로 했다.

다가가서 술 취한 사람 발을 호미걸이로 걸어 자빠뜨렸다.

"헛! 제가 제 발에 걸려 넘어지네." 행인은 헛웃음을 지으며 지나갔다.

고맙다는 말 듣기는 다 글렀다.

어느새 김정묵이 사는 옆 동네로 왔다. 여전히 우리 동네와는 분위기가 달랐다. 동네가 좀 허접해서 어두침침한 분위기였다. 요즘은 인도로 다니는 킥보드, 자전거는 왜 이리도 많아졌는지. 남의 눈에 보이지 않는다는 게 불편했다. 원치 않는 스릴만 실컷 즐겼다.

트레킹하듯 빠른 걸음을 했다. 조금 뛰어도 봤는데 부딪히지 않고 익숙했다. 이리저리 구경하는데 저쪽에 어디에선가 본 듯한 뒷모습이 어슬렁거렸다.

김정묵!!

그놈이다. 제주도 여행에서 돌아온 모양이었다. 캐리어를 질질 끌고 집으로 가고 있었다.

난 바로 뒤를 밟았다. 여전히 덩치는 좋았다.

학창 시절 별명이 날으는 돈가스였지!

오늘은 돈가스에 소스 대신 뻘건 피를 토핑해 주지.

가는 도중 몇몇 사람이 지나갔고, 사람이 없는 곳으로 가길 고대했다. 다행히 이놈 집은 좁은 골목길에 통행량이 별로 없었다. 게다가 지금은 열한 시가 다 된 시각이다.

예상대로 이놈이 골목길로 들어서자 지나가는 이가 없었다. 별로 밝지 않은 가로등 불빛만이 이놈 뒤통수를 비췄다. 정수리가 마치 한 대 쳐 달라는 과녁처럼 보였다.

아가리 대신 뒤통수를 치고 휴대폰을 뺏어서 부숴 버리기로 했다. 난 걸음을 재촉했다. 그때 놈이 돌아서며 옆 전봇대에 기댔다.

난 들킨 줄 알았다. 놈은 캐리어는 옆에 세워 둔 채 담배를 하나 꺼내더니 불을 붙였다. 라이터 불빛에 왼쪽 얼굴이 비췄다. 이놈도 나처럼 사각턱에다 맷집 좋게 생긴 얼굴이었다. 폰을 꺼내 뭘 보는지 입가에 미소를 지었다.

그래! 뒤통수보다는 앞에서 아가리 날려야 치과 의사가 더 좋아하지!

근데 아직도 내 오른 주먹은 욱신거렸다. 왼손은 파워가 오른손보다 약하다.

그때 전봇대 밑으로 가로등에 비친 더 좋은 무기가 있었다. 뜯어진 일반쓰레기봉투 옆에 낡은 나무 막대기가 여러 개 있었다. 생각 없는 동네 주민이 막 버린 쓰레기 같았다. 사람 키보다 조금 긴 길이였다.

때론 이런 생각 없는 주민이 고마울 때가 있다. 몇 번은 후려치기 딱 좋은 막대기였다.

먼저 아가리를 치고 막대기를 집은 다음 또 후려치면 끝이다. 왼손으로 오른손 손목을 꽉 잡았다. 허리를 오른쪽으로 돌려 반동을 주기로 했다.

놈이 웃으며 담배를 빨아들일 때 허리를 왼쪽으로 돌리며 주먹을 날렸다.

퍽!

담뱃재에 닿는 뜨거움과 함께 이빨이 내 손가락에 찍혔다.

내 아픈 주먹이 약했지만 놈은 무방비 상태여서 옆 캐리어를 건드리며 나자빠졌다. 담배꽁초와 휴대폰이 비틀려 날아가며 어설픈 곡선을 그렸다. 그리고 땅바닥에 불완전 착지했다. 놈은 비명도 지르지 못하고 한 손으로 아가리를 감쌌다. 놈은 놀란 눈을 뜬 채 앞만 두리번거렸다. 생각보다 멀쩡했다. 역시 맷집 좋은 놈이었다.

난 바로 막대기를 집어 허공에서 대각선으로 들어 올렸다. 놈은 공중에 뜬 막대기를 보더니 눈이 휘둥그레졌다. 가로등 불빛에 얼굴은 붉은빛을 반사했다.

"윤민천이!!"

난 내려치려다 손이 얼어붙는 듯했다.

"윤민천 맞지? 드디어 투명망토를 발명했구나! 네 머리 정도면 충분히 가능하지." 놈은 두 손을 뒤로하고 땅바닥에 짚은 채 눈은 막대기를 쩨려보았다.

어떻게 알았지?

"얼마 전 다밝혀 유튜브 봤어. 그렇게 할 놈은 너밖에 없을 것 같았거든. 이게 진짜라니! 넌 천재야! 그렇게 투명망토 노래 부르더니 성공해 버렸어. 이걸 내 눈앞에서 볼 줄이야!!"

놈은 내가 때릴 틈을 주지 않으려고 숨도 쉬지 않고 내뱉었다. 아가리도 안 아픈지 입꼬리가 올라갔다.

난 얼음 땡! 놀이의 얼음이었다. 할 말은 많은데 무슨 말을 해야 될지 몰라 입모양만 버벅거렸다.

투명망토 좋아하네!

날 너무 과대평가해 줘서 고맙긴 했다.

난 다시 막대기를 움켜잡았다.

"자, 잠깐! 나와 거래하자. 투명망토로 돈 벌 수 있잖아. 넌 아이디어만 내면 돼. 나머지는 내가 상용화해서 팔면 무조건 우린 부자야." 역시 쉼표 없이 내뱉었다.

이놈도 쓰레기네.

"악플 단 건 미안해. 사과할게. 지금 이 일도 없던 걸로 해 줄게."

나도 진짜 발명하고 싶다. 이 개자식아!

난 움켜진 막대기를 내려쳤다. 이미 놈은 막대기 몸놀림을 간파했는지 왼쪽으로 몸을 굴려 피했다.

쩍!

땅바닥에 막대기가 부딪히며 두 동강 났다. 내 손만 찌릿했다. 시나리오대로 되지 않아 심장 박동수가 올라갔지만 반토막 막대기를 다시 내려쳤다. 놈이 일어서지 못하게 가까이서 반토막 막대기를 마구 휘둘렀다.

윽!

옳거니! 허벅지에 맞았다.

놈은 오른쪽에 떨어진 반토막 막대기로 눈길이 향했다. 놈은 바로 몸을 오른쪽으로 돌렸다.

나도 간파하고 그놈 쪽으로 또 내려쳤다.

딱!

또 감전됐다.

속았다! 페이크였다!

이놈은 오른편 막대기 쪽으로 슬쩍 몸만 돌리는 척하더니 잽싸게 왼쪽으로 몸을 돌려 일어서면서 주먹이 나를 향했다.

퍽!

배에 맞았다.

윽!

순간 숨이 멎었다. 이번엔 내가 뒤로 나자빠지며 손에 쥐었던 반토막 막대기를 놓치고 말았다.

이제야 머릿속에서 번쩍했다. 놈이 왜 날으는 돈가스였는지를!

몸도 재빨랐고, 잔머리도 잘 굴렸던 놈!

놈은 떨어진 내 막대기를 재빠르게 짚더니 내 앞에서 막 휘둘러 댔다.

"그러니까 동업하자니깐! 이건 진심이야!!"

놈은 진심이 맞았다.

나도 진심이고 싶었다. 나도 답답했다.

내가 답이 없으니 이놈도 점점 이성을 잃어 가는 표정이었다.

이번엔 내가 넘어진 채로 뒤로 손을 짚으며 뒷걸음쳤다. 재빨리 몸을 돌려 일어나려 했다.

퍽!

읍!

놈이 막 휘두르다 내 오른쪽 장판지를 쳤다. 비명도 크게 지르지 못했다. 난 다시 일어나려다 오른다리 고통에 절룩거리며 다시 주저앉았다. 난 고개를 돌려 막대기 방향만 쳐다보았다. 내 눈엔 놈이 투명인간이고 막대기만 허공에 떠 있는 것 같았다.

"등신 같은 놈! 이렇게 기회를 줘도 못해!"

또 막 휘둘러 댔다.

퍽!

윽!

이번엔 왼쪽 무릎을 맞았다. 난 두 다리를 잃은 양 뒤로 돌아 두 손으로 땅을 짚으며 전진했다.

딱! 딱!

놈은 맨땅을 연거푸 때렸다. 그러다 벽 쪽으로 가서는 전봇대에 있던 찢어진 검은 비닐봉지를 내 쪽으로 투척했다. 땅바닥에 맞으며 안에 내용물이 튀어나왔다. 이번엔 찢어진 일반쓰레기봉투를 더 확 찢더니 내 쪽으로 던졌다. 이름 모를 쓰레기들이 날리며 내 몸에 툭하고 맞더니 찝찝한 액체가 내 얼굴에 튀었다. 찐덕하고 악취가 나는 음식물 쓰레기였다. 정확한 위치가 탄로 나 버렸다.

빌어먹을 동네! 음식물은 분리수거했어야지!!!

난 뭉크도 놀랄 만큼 속으로 절규했다.

"대답 좀 해!!" 놈은 내 위치를 알면서도 한 번 더 기회를 주었다.

난 입 다물고 벌벌 떨면서 아무 말도 하지 않았다. 아니, 할 수가 없었다.

놈은 막대기를 들어 올렸다.

"그래, 평생 투명인간으로 살아라!"

놈이 내려치려 하자 난 "망토 아니야!" 외치며 눈을 감고 두 손으로 얼굴을 감쌌다.

퍽!

진실을 말했는데 때리다니!

근데 하나도 아프지 않았다.

털퍼덕!

묵직한 게 내 머리 위로 떨어지며 내가 깔렸다. 난 저승사자와 소개팅한 줄 알았다.

아니었다. 눈을 뜨니 내 얼굴은 앞에 놈의 얼굴과 맞닿을락 말락 했다. 하마터면 첫 키스 상대가 이놈일 뻔했다.

난 영문도 모른 채 징그러운 얼굴을 두 손으로 쳐내듯 옆으로 밀쳐 냈다.

그랬더니 앞에 누군가 서 있었다. 한 손엔 움켜진 다른 반토막 막대기와 또 한 손엔 감투였다. 옷도 잘 입고 상체까진 멀쩡한 사람이었다. 얼굴을 보는 순간 모든 환상이 깨졌다. 머리에 뿔, 도깨비였다!!

씩 웃으며 스케일링이 필요한 이빨을 내보이며 어색한 미소를 지었다.

"다, 당신은 도깨비?" 난 눈앞에 그 형체를 보면서도 믿기지 않았다.

난 쓰러진 채로 감투를 벗으며 도깨비를 한번 훑었다.

"우리 대장님이 당신을 감시하고 보호하래서 급히 출동했어. 근데 당신 같은 인간들은 좋은 친구야? 나쁜 친구야? 나쁜 짓 했다가 착한 짓 했다가 도통 알 수가 없단 말이야." 도깨비는 고개를 갸우뚱했다.

난 무슨 말을 해야 할지 몰랐다. 사실 질문의 의도를 몰랐다.

"저, 전 그리 나쁜 사람이 아니에요." 일단 그냥 좋게 내뱉었다.

말하면서도 내가 저지른 범죄가 눈앞에 훤히 지나갔다.

"우린 그냥 인간들과 어울리면서 재밌는 놀이를 배우고 싶을 뿐이야. 근데 너희 인간들 속을 알 수 없단 말이지."

난 옛날 얘기를 스쳐 가는 대로 떠올려 봤다. 금 나와라 뚝딱, 은 나와라 뚝딱. 도깨비는 사람한테도 친근감을 가진 캐릭터였다. 도깨비가 나쁜 놈은 아닌 것 같고, 개구쟁이나 악동 정도, 혹부리 영감 혹도 떼어 주지 않았던가? 인간 세상과 잘 어울리고 싶었던 것 같기도 하고 어쨌든 이미지는 친근했다.

저번에 계곡에서 봤을 때도 천진난만했다. 이제 의도를 알 것 같았다.

"사, 살려 주세요. 저, 전 좋은 일을 더 많이 했어요." 거짓말을 하려니 버벅거렸다.

도깨비 큰 외눈이 내 감투로 향했다. 난 감투를 꽉 쥐며 허리 뒤춤으로 감췄다.

"이 감투 토요일까지만 더 빌려 주세요. 아주 나쁜 인간 혼낼 거예요." 난 애원하듯 말했다.

도깨비는 몇 초간 나를 바라보더니 겨우 입을 뗐다.

"일단 대장한테 이번 일을 보고하겠다."

난 보고하든 말든 그다음 말이 궁금했다.

"토요일까지 시간을 주겠다. 잘 반납하도록 해." 도깨비는 감투를 쓰고 발자국 소리를 내며 내 옆을 스치듯 지나갔다.

그제야 땀이 식어 가는지 온몸이 서늘했다.

"아참! 감투에 대해선 절대 톱 시크릿! 알지?" 도깨비가 돌아서서 말을 한 듯 목소리가 허공에서 흩어졌다.
"당연하지요. 걱정 마세요." 난 고개를 들어 허공에다 대고 목소리를 흩뿌렸다.
김정묵이 일어나기 전에 막대기에 지문을 없애고 전봇대에 던지고는 집에 왔다.

며칠 뒤 경찰서에서 연락이 왔다. 예상대로 고소인은 김정묵이었다. 난 경찰서에 출두해서는 무조건 잡아떼며 그 시각 난 집에 있었다고 알리바이를 댔다. 휴대폰 위치 추적해 보라고 큰소리까지 쳤다.
"혹시 투명망토 발명한 거 맞나요?" 경찰도 질문하면서 미안한 뉘앙스였다.
"헛!" 난 어이없어하며 집에 가서 압수수색 해 보라고 했다.
아무 일 없이 경찰서에서 나왔지만 이놈은 다밝혀에 폭로해 버렸다. 또 시끄러워졌다.
"제보가 들어왔는데 며칠 전 팬터마임 개 사건이 주작이 아님이 밝혀졌습니다. 괴짜 발명가 고등학교 동기도 당했다고 합니다."
유튜브에서는 찬반 토론이 한창이었다. 난 사실대로 말했다.
난 투명망토 만들 줄 모른다고. 그런 망토를 만들려면 고도의 기술이 필요하다고. 아무리 내가 발명가지만 내 머리로는 안 된다고. 메타물질은 아예 꿈도 못 꾼다고. 이 모든 게 가짜 뉴스라고 목에 힘줄이 불거져라 말했다. 이참에 좀 과장해서 감정에 호소했다.
"이미 난 가짜 뉴스 피해자입니다. 무슨 제가 투명인간? 이 무슨 말도 안 되는 소리입니까? 김정묵, 다밝혀, 둘 다 처음부터 나에게 악의적 목적으로 폭로한 사람입니다. 지금도 똑같은 짓을 하고 있습니다. 다른 누군가가 망토를 개발했을 수도 있지 않을까요? 우리나라에 발명가가 한둘이겠습니까? 저도 진실이 궁금합니다. 확실한 증거 없이 심증만으로 이러시면 안 됩니다."

시청자들도 근거 없이 헛소문을 퍼트리는 다밝혀와 김정묵을 비난했다.

당연히 다밝혀와 김정묵은 믿지 않았다.

이미 언론에서는 가짜 뉴스가 판을 쳤다.

〈괴짜 발명가, 투명망토 개발해서 특허권 취득 후 상용화 예정! 대기업과 접촉 중!〉
〈괴짜 발명가 투명망토로 취객 폭행, 은행털이 등 각종 범죄 저질러〉
〈국방부에서 괴짜 발명가 모시기 나서, 곧 군사용으로 이용될 듯〉

⋮

난 또 억울함을 호소했다. 투명망토 약점을 설명했다. 진짜 투명망토가 있다면 사용자가 망토를 눈까지 덮으면 앞을 볼 수 없다. 따라서 최소한 눈을 내놓아야 하는데 피해 본 사람 중에 눈을 본 사람이 있느냐고 반문했다.

당연히 있을 리가 없다. 날 의심하는 사람이 현저히 줄어들었다.

그리고 방송에서 또 자살 소식이 떴다. 유명 걸그룹 멤버였다.

내용은 예전 손가락질 폭격과 별다를 바 없었다. 클럽에서 준 담배가 대마초인 줄 모르고 피웠는데 어느새 마약으로 둔갑되고 문란한 생활까지 했다고 MSG를 쳤다. 학창 시절 호기심으로 술 마셔서 조금 취했던 얘기가 부풀려지는 가짜 뉴스가 한몫을 했다.

6

드디어 토요일, 나는 서울을 향했다.

시작은 네가 했지만 끝은 내가 끝낸다!!

서울에 도착해서는 즉시 한강으로 향했다. 밤 8시가 조금 못 된 시각이었다. 도깨비한테 내뱉은 말이 생각나 적당히 혼내 줄 생각이었다.

둘은 한강 둔치에 앉아 셀카봉 삼각대에 휴대폰을 고정한 채 방송하고 있었다. 혹시나 해서 주변을 이리저리 살폈다. 그 팬터마임 개자식은 없었다.

끝나기 몇 분 남지 않았다. 끝나면 저놈의 휴대폰을 빼앗아 한강에 던져 버릴 것이다. 거기다가 서비스로 아가리를 때릴까 하다 자꾸 도깨비에게 했던 말이 떠올랐다. 공춘팔 저놈도 보면 볼수록 쳐버리고 싶은 면상이었다. 한 방 날리면 아가리가 뒤로 돌아갈 것 같은 갸름한 턱주가리였다.

그믐달인데도 알루미늄 삼각대는 달빛에 반짝거렸다. 튼튼해 보였다. 비싼 거는 항공알루미늄 소재로 만들었다더니 이건가 보다 했다.

"오늘 방송은 여기까지 하겠습니다. 공춘팔 씨 수고하셨습니다. 감사합니다."

난 5미터 내로 다가갔다. 어두웠지만 다밝혀의 야비한 미소는 선명했다.

둘 다 담배가 고팠는지 셀카봉 삼각대에 폰도 빼지 않고 담배를 꺼냈다. 둘 다 길게 한 모금 빨아 댔다.

난 조심스럽게 한 발자국씩 다가갔다.

"이 인기도 몇 년 지나면 사그라지겠지?" 공춘팔은 연예인의 미래는 뻔하다는 듯 담배 연기를 하늘 위로 내뿜었다.

"그러면 또 사건을 만들어야지. 주변에 연기할 사람 많아. 덕분에 나도 구독자 수가 많이 늘었거든." 다밝혀는 이유 모를 미소를 지으며 담배 연기를 뱉었다.

나는 발을 내디디려다 넘어질 뻔했다. 내가 잘못 들었나 싶었다.

"1도 화상이 목표였는데. 젠장!" 공춘팔은 오른팔의 상처를 보며 얼굴을 찡그렸다.

"역시 넌 연기자가 맞아. 벌써 떴어야 할 인물인데 말이야. 캬!" 다밝혀는 담뱃재를 털며 공춘팔을 쳐다보았다.

보이지 않는 내 두 손이 떨렸다.

개자식들!

"괴짜 그놈은 참 운도 없어." 다밝혀가 다시 담배 연기를 내뿜었다.

뜬금없는 내 얘기에 나는 더 이상 발을 떼지 못했다.

"그러게 말이야. 근데 그 쫄따구 어떻게 섭외했어?" 공춘팔도 담배 연기를 내뿜으며 물었다.

섭외?

난 다리에 힘이 풀려 주저앉을 뻔했다.

"나도 처음엔 그 쫄따구 댓글을 봤을 때 그냥 군대에서 못살게 굴어 봤자 욕하고 몇 대 때린 걸로 생각했지. 근데 그 쫄따구 팔로우해서 개인적으로 몇 마디 나눠 보니 그게 아니더라고. 슬쩍 떠보니 성추행이라는 의외의 수확이 있었어. 그리고 돈 좀 쥐여 주니까 도와주던데. 사실 쫄따구가 거짓말한 것도 아니고 성추행당한 건 사실이잖아. 그다음부터는 다른 후임병들도 알아서 폭로하더라고. 금상첨화였지. 히히." 다밝혀는 검푸른 한강을 향해 담배 연기를 길게 내뿜었다.

난 턱이 떨리며 아랫니 윗니가 따닥 부딪혔다.

쳐 죽여 몸뚱이를 뿨셔뿨셔 해서 맷돌로 갈아 버릴 놈들!

검푸른 강 쪽으로 흩어지는 담배 연기가 나를 더 조롱했다.

더 이상 난 제정신이 아니었다. 이 순간만큼은 분노조절장애이길 바랐다.

빠른 걸음으로 셀카봉으로 다가갔다. 셀카봉에서 냉큼 휴대폰을 빼내 바로 한강으로 던져 버렸다.

"엇!" 둘 다 허공 속에서 춤을 추듯 멀어져 가는 휴대폰만 보며 소리만 쳤다.

어두워서 잘못 봤나 싶어 둘은 두리번거리며 휴대폰이 날아간 강 쪽으로 뛰어갔다.

둘은 약속이나 한 듯 담배꽁초를 강에 버리고는 서로 얼굴만 훑었다. 그러고는 다시 강 쪽을 바라봤다.

원래 여기까지가 복수였다. 이젠 결코 아니다!

셀카봉 삼각대를 집어서 아래쪽 삼발이를 접었다. 가까이서 보니 그믐달 빛에 눈이 부셨다. 쇠몽둥이 역할로는 충분했다. 앞의 뒤통수를 향해 휘두르기 딱 좋은 각도였다.

"또 괴짜 그놈?" 공춘팔이 뒤로 돌아 두리번거리다 눈이 희번덕거렸다.

퍽!

먼저 공춘팔을 강스매싱했다. 공춘팔은 찰나에 비명도 없이 뒤로 고꾸라졌다.

철썩!

고개를 처박으며 강으로 떨어졌다.

"어어!" 다밝혀는 떨어지는 공춘팔을 잡는 시늉만 하고는 물거품 일어나는 강 속 아래를 바라봤다.

그러고는 고개를 돌려 허공에 떠 있는 셀카봉을 봤다. 다밝혀는 연체동물처럼 다리가 나풀거리며 그 자리에 털썩 앉았다. 숨이 멎은 듯 입만 벌렸다.

"사, 살려 줘!"

다밝혀 눈이 우연히 내 눈과 마주쳤다. 난 더 이상 눈을 감지도 고개를 숙이지도 않았다. 오히려 눈을 크게 뜨며 제발 보라고 한 발자국 다가갔다. 또 강스매싱!

퍽!

"아악!"

이놈은 주변에 들릴 만큼 고통을 내뿜었다. 손으로 머리를 감싸자 또 강스매싱!

"윽!"

감싼 손가락이 부러질 만큼 때렸다. 많이 아팠는지 비명도 없었다.

"어머!"

멀리서 지나가는 여자가 목격을 한 모양이다.

어느새 쇠로 된 셀카봉도 휘어졌다. 얼른 셀카봉을 옷에 문질러 지문을 닦아서 강에 던져 버렸다. 목격자와 최대한 멀리 떨어지며 뛰어갔다. 얼핏 어둠속에서 여자가 전화를 하는 듯했다.

몇 분 정도 뛰어 8차선 대로변으로 나갔다. 횡단보도에 세 사람이 큰 소리로 얘기하며 서 있었다. 빨간불이었다. 멀리서 경찰차 사이렌 소리가 점점 내 귓속을 파고들었다. 길 건너 쪽을 바라보며 빨간불과 눈싸움만 했다. 고개를 이리저리 돌려 보니 왼쪽으론 오는 차가 없었고, 반대편 차선 저 멀리 오른쪽에서 차와 오토바이가 오고 있었다. 내가 더 빠를 것 같아 감투를 잡고는 뛰었다. 횡단보도 중간쯤 왔을 때 파란불로 바뀌었다. 난 뛰는 걸 멈추고 빠른 걸음으로 걸었다. 오른쪽에서 차와 오토바이가 점점 가까이 왔다. 차는 서서히 정차했다. 근데 배달 오토바이는 속도가 줄지 않았다.

부우우웅!

더 빨리 다가왔다.

으윽!

내 코앞을 스쳐 지나갔다.

욕하려다 뒤에 오는 세 사람을 보고는 빨리 건넜다. 경찰차 사이렌 소리와 점점 멀어지려 또 도망쳤다.

한강 근처 카페 거리로 갔다. 감투 속에는 이미 땀방울이 솟아 흘러내렸다. 땀 닦을 힘도 시간도 없었다. 카페 앞에 섰다. 환하게 비친 내부에는 젊은이들 입들이 잡담하랴 마시랴 그 열정들이 유리를 뚫고 나올 듯했다. 잠시 벽에 기대앉았다. 고개를 숙이고 땀을 식혔다.

"휴~" 난 이제 살겠다며 긴 숨을 내쉬었다. 그때,

위이이잉! 부우우웅!!

바퀴 돌아가는 소리와 함께 따가운 불빛이 나를 향해 덮쳤다. 난 일어서며 옆으로 피하려 했지만 이미 늦었다.

쿵!

퍽!

이 소리를 마지막으로 난 쓰러졌다.
끼이익! 위이이잉! 하는 헛바퀴 돌아가는 소리만이 달팽이관을 울리며 옅어졌다.

사건 사고 소식입니다.
어젯밤 8시 30분경 한강 고수부지 근처 카페에서 70대 운전자가 카페를 향해 돌진해 6명의 사상자가 발생했습니다. 운전자는 급발진이라 주장하고 있는데요, 사상자 중 두 명은 심정지 상태로 구급차로 먼저 이송되었고, 두 명은 중상, 나머지 두 명은 경상이라고 경찰은 밝혔습니다. 그런데 CCTV에 찍힌 영상에서 의문점이 발견되었는데요, 사상자 중 한 사람이 CCTV 영상에서 내내 보이지 않다가 자동차 충돌 직후 나타났다고 합니다. 그의 옆엔 검은 감투가 떨어져 있었다고 하는데요, 자세한 소식은 확인되는 대로 다시 전해 드리겠습니다.
얼마 전에도 급발진이라며 주장한 사고가 여러 건 있었는데요, 조사를 통해 명확히 밝혀졌으면 좋겠습니다….

난 눈을 떴다. 허연 게 보였다.
천국?
천국일 리가 없다. 난 사람을 죽였다.
지옥?
지옥일 리도 없다. 이렇게 편안할 리가 없다.
젠장! 병원이다.
벽에 티브이를 봤다. 온통 내 소식이다. 카페에서 죽은 젊은 사람보다 나한테 관심이 쏠렸다.

제4장: 21세기 도깨비감투

티브이에서는 반복해서 사고 나는 장면이 나왔다. 이미 나와 감투는 큰 이슈가 되었다.

> 전문가에 따르면 이번 사고는 진짜 급발진일 수 있다고 합니다. 보통 브레이크 대신 액셀러레이터를 잘못 밟아 벽 같은 장애물에 부딪힐 경우, 운전자가 본능적으로 액셀러레이터에서 발을 떼게 됩니다. 그래서 그 자리에 멈추게 되는데, 이번 사고 영상을 보시면 카페 벽에 부딪혔는데도 계속 헛바퀴가 돌며 굉음을 내고 있습니다.
> 이와는 별개로 갑자기 나타난 사람과 검은 감투가 세간의 이목을 집중시키고 있습니다. 주변 목격자에 따르면, 발견된 사람은 학폭 등 여러 논란에 휩싸인 「드림싱어」 준우승자 괴짜 발명가 윤민천 씨와 상당히 흡사했다고 합니다. 그의 옆에 떨어져 있던 검은 감투는 자동차 바퀴에 완전 짓이겨져 너덜너덜해졌다고 하며, 이 사건과 무슨 연관성이 있는지 경찰에서 조사 중이라고 합니다.

이제 반납은 글렀다.
문이 열리고 누군가 들어왔다. 큰 얼굴이 내 눈앞에 어른거렸다.
형사라고 했다.
난 사실대로 폭로했다. 이 모두가 그 두 죽일 놈들이 짜고 한 일이라고. 그래서 우발적으로 범행을 저질렀다고 했다. 이렇게라도 난 국민들에게 동정표를 얻어야만 했다.
빌어먹을 감투!!
"진짜 도깨비감투를 발명하신 게 맞나요?"
부산 형사와 달리 서울 형사는 확신에 차 질문했다.

몇 초 동안 무슨 말을 해야 할지 머릿속이 꼬여 버렸다. 난 고개를 저었다.

다밝혀는 죽었고, 공춘팔은 뇌사 상태라고 했다. 두 놈들 자백받기는 다 틀렸다.

또 악플이 시작됐다.

- 살인자. 하다 하다 살인까지. 근데 도깨비감투는 획기적이다!!
- 세상으로부터 왕따당하더니 숨어 살고 싶어서 감투를 개발했나 보군. 하여간 머리는 좋아.
- 카메라 주작 아냐? 요즘 세상 믿을 수 있어야지. CCTV로도 주작이 가능해?
- 인간은 고쳐 쓰는 게 아니라는 게 또 한 번 증명됐어.
- 스스로 제 무덤을 팠네. 발명 한번 멋지게 했네.
- 투명인간이라 급발진 차가 자기 몸을 통과할 거라 생각했나 봐. 어리석은 인간.

⋮

그래, 실컷 욕해라. 진실이 밝혀지면 날 이해할 거야.

먼저 쫄따구와 다밝혀의 관계에 대해서 경찰이 조사했지만 쫄따구는 짠 것도 아니고 진실만 말했고, 돈도 받은 것 없다고 잡아뗐다.

- 돈 받았다 해도 당신이 변태 성추행범이라는 사실은 변하지 않아.
  ㄴ 저놈 인성도 변하지 않지요. ㅎ
- 괴짜, 다밝혀, 쫄따구 다 그놈이 그놈이다.

⋮

제4장: 21세기 도깨비감투

공춘팔 사건은 둘 다 저런 상태니 조사할 수도 없었다.

- 이건 조작이 아닐걸. 저놈 또 거짓말하네. 피해자 둘 다 조사할 수 없으니 제멋대로 쳐 씨불이고 있어.
- 더 이상 뭔 말이 필요한데? 저놈은 성추행범에다 살인자일 뿐이야.
- 아무리 열받아도 살인은 아니지. 분노조절장애 약이나 발명했어야지.
- 도깨비감투 발명했으니 감옥 보내면 안 되지. 국가 차원에서 저놈 기술 알아내고 감형시켜야지.
- 말로만 듣던 도깨비감투가 현실로!!
⋮

나중에는 내가 몰래 장난쳤던 사람들까지 댓글로 본인이 당한 일들을 토로했다.

- 그럼 야구공 휘어진 것도 저 아저씨 짓인가?
- 우리 마트 물건이 자꾸 없어졌는데 저놈 짓 같은데?
- 저놈 빌라 옆에 사는데 내 차 펑크도 저놈일 거야. CCTV를 아무리 봐도 범인을 못 찾았거든.

이렇게 되자 우리 집 주변에서 일어난 이상한 일들이 모두 내가 한 짓이 되어 버렸다.

- 우리 집에 도둑이 들었는데 저놈일 거야. 저놈 빌라와 몇 블록 안 떨어져 살거든.
- 옆 동네 있는 우리 마트도 물건이 없어졌는데 의심스러워.

― 내가 밤에 술 취해서 폭행당하고 휴대폰, 지갑 다 털렸는데 가만히 생각해 보니 저놈인 것 같아. 쥐도 새도 모르게 빠른 놈이었어. 얼굴도 제대로 볼 수 없었지.

⋮

난 부끄럽고 억울해서 그냥 사라지고 싶었다.

퇴원하면 난 감옥행이다. 감투와 함께 내 세상만을 즐기려 했는데 감투 때문에 내 세상을 망쳤다. 내 몸과 마음까지 갈기갈기 찢어졌다. 다시 머릿속은 실타래였다. 머릿속 세포들이 꿈틀거리며 해결책을 찾으러 아우성쳤다.

그러다 실타래를 끊어 버렸다. 해결책이 나왔다.

병원 창문을 열었다. 5층! 딱 좋다.

오늘의 딴지 걸기 코너입니다.

며칠 전 일명 괴짜 발명가 윤민천 씨가 극단적 선택을 했습니다. 한순간의 실수로 온갖 손가락질을 받아야 했던 그는 더 이상 대중의 시선을 받지 않고 투명인간으로 숨어 지내고 싶었을 겁니다. 그전에도 여러 유명인들이 극단적 선택을 하는 걸 우린 많이 봐 왔습니다. 그 유명인들도 투명인간이 되고 싶었을 겁니다. 괴짜 발명가의 범죄는 비난받아 마땅하지만 우리가 저지른 행동들도 자유로울 수가 없습니다.

SNS가 없던 시절에 우리의 삶은 우리의 주변에만 알려졌다면, 지금은 온 세상이 우리를 알아 버렸습니다. 굳이 알 필요도 없는 자질구레한 사생활까지도 말입니다.

다시 인터넷 실명제 도입을 심도 있게 논의해 봐야 할 것 같습니다.

편안한 밤 되십시오.

못다 한 이야기

도깨비 회의가 열렸다.
"역시 인간들이 하는 놀이가 재밌단 말이야. 인간들과 어울리고 싶은데 우릴 보면 기절부터 하니 이것 참!" 도깨비 대표가 의자의 팔걸이를 두 팔로 살짝 치며 말했다.
"그러게 말입니다. 우리처럼 잘생기고 인상 좋은 도깨비도 드문데 말입니다."
다들 서로를 보고 속으로 우웩거렸다.
"인간들이 머리는 좋을지 모르지만 나쁜 인간도 많다고 합니다. 함부로 어울렸다간 우리가 당할 수도 있습니다." 나이 지긋한 원로 도깨비가 말했다.
"맞습니다. 영악한 동물이 인간이라고 들었습니다. 그래서 먼저 시험을 한 다음에 어울리는 게 좋을 것 같습니다." 또 다른 원로 도깨비가 조심스럽게 말했다.
"시험?" 대표가 큰 외눈을 동그랗게 떴다.
"네. 인간에게 방망이와 감투를 주고 어떤 행동을 하는지 결과를 지켜본 다음 결정하시면 됩니다."

며칠 뒤 도깨비 무리가 계곡물에서 놀고 있었다.
"저기 인간 한 명 온다. 다들 재밌게 노는 척해."
다들 시시덕거리며 놀다가 마지막으로 잠수 놀이를 했다.

* * *

"인간들은 안 되겠어. 서로 만난 적도 없으면서 욕하고 못살게 굴며 죽이고 있잖아. 보이지 않는 곳에서 누군지도 모르면서 손가락질로 고통을 주네. 참 머리가 좋은 영악한 동물이야. 쟤만 투명인간이 아니고 모두 투명인간이잖아. 괜히 애꿎은 감투만 못 쓰게 됐네. 도깨비 당근에 올리지도 못하겠다. 우리 도깨비 방망이와 감투보다 더 무서운 게 인간들의 손가락질이야. 아이고, 무서워라!!" 도깨비 대표는 외눈을 크게 뜨며 몸서리쳤다.

제5장

21세기 자린고비 영감

1

눈에는 눈, 이에는 이!
반드시 받은 만큼 되갚아 주마!

자린고비 영감 집 현관문에 들어서면 정면으로 크고 역동적인 궁서체가 위협하듯 근엄하게 걸려 있었다.

이것을 아는 이웃 사람들은 "누가 구두쇠 아니랄까 봐 가훈도 아주 독한 집안이야! 살다 살다 기울어진 궁서체에 협박당하긴 처음이야!"라며 혀를 찼다.

토요일 저녁 7시.

자린고비네 가족들 분위기가 심상치 않았다. 저녁 밥상은 3열 종대로 차려져 부동자세였다. 식탁 위에는 국과 밥이 사이좋게 붙어 있고, 옆엔 숟가락과 젓가락이 전투 준비를 하듯 차렷 자세였다. 풀떼기 반찬들은 곧 자신들의 죽음을 아는지 곱던 빛깔이 점점 시들해졌다. 가족들은 침만 꼴딱 삼킨 지 10분째다.

자린고비의 눈짓에 다들 숟가락과 젓가락만 들었다. 여차하면 밥과 반찬을 한입에 다 죽여 버릴 폼이었다.
 째깍, 째깍.
 괘종시계 초침도 숨죽여 움직였다.
 다들 고개를 돌려 베란다에 열린 창문을 향했다. 바람이 들어오자 코를 훌쩍거리듯 냄새를 맡았다. 모두 다 심장은 르세라핌 공연 중이었다.
 '붐붐붐붐, 심장이 뛰네!'
 영원한 구세주 아랫집 동태를 살펴 가며 뭔가 큰 작전을 준비 중이었다. 자린고비는 이 모든 걸 총지휘하는 전쟁터의 야전 사령관이었다.
 "냄새 나는 것 같은데 아직 안 됐어요?" 참다못한 마누라가 물었다.
 "아직 안 돼!! 조금만 더 기다려!" 자린고비는 코 평수를 넓혀 냄새를 한껏 들이마셨다.
 그러자 아래층에서 냄새가 스멀스멀 올라왔다. 삼겹살 굽는 냄새가 너무나도 향기로웠다. 다들 입꼬리가 올라가며 코를 킁킁거리다시피 했다. 콧구멍을 벌렁거리며 냄새를 다 빨아들여 안쪽 깊숙이 보냈다. 동굴 깊은 곳을 돌아 나와 입안에 잠시 머물다 목구멍으로 냄새를 삼켰다. 바람마저 불고 있어 최적의 타이밍이었다.
 "다들 맡았느냐?"
 "네!"
 "잠깐! 베란다 문 더 활짝 열고 모든 방구석 문, 화장실 문까지 다 열어젖히란 말이다!"
 삼겹살 굽는 냄새가 국과 밥, 반찬에 속속 스며들었다. 온 집 안 구석구석은 삼겹살 불판이 되어 자글자글 노랗게 익어 갔다. 냄새는 온몸과 벽지까지 뱄다.

"자, 머릿속에 세뇌시켜! 집게로 길게 들어 올린 삼겹살을 불판 위에 놓는다. 치지직! 기름이 튄다. 굵은소금 55개를 흩뿌리듯이 투하한다. 2분 45초 후 뒤집는다. 또 치지직! 3도 화상으로 익어 간다. 가위로 가로 5cm, 세로 2cm 직사각형으로 자른다. 상추를 집어 물기를 한 번 털어 낸다. 젓가락으로 삼겹살 모가지를 콕! 집는다. 모가지를 기름장에 꾹 눌러 찍어 익사시킨다. 후후 2번 불고 상추에 살포시 눕힌다. 옆에는 마늘을 함께 눕혀 가시는 길 외롭지 않게 한다. 기호에 따라 명이나물이나 쌈무로 이불을 덮어 준다. 상추를 보쌈하듯 거두어서 입속으로 쏘옥! 턱관절로 힘주어 씹는다. 혓바닥을 놀려 뜨듯한 고기 맛과 시원한 채소 맛의 케미를 온몸으로 느낀다. 입가심으로 파절이로 마무리한다."

가족들은 아버지 말씀을 따라 이미지 트레이닝을 했다.

"자, 밥상을 향해 돌격! 적들을 섬멸하라!" 드디어 사령관이 명령을 내렸다.

적들이라고 해 봤자 국과 밥, 반찬 몇 가지뿐.

밥상에는 숟가락과 젓가락 무기들이 쉴 새 없이 날아다녔다. 숟가락은 밥알들을 무자비하게 퍼 올려 입안으로 처넣으며 이빨들이 씹어 섬멸했고, 젓가락은 김치와 나물 몸뚱이를 낚아챘다. 잠시 후 젓가락은 창으로 변신해 총각김치를 잔인하게 찔렀다. 붉은 고춧가루 피가 사방으로 튀었다.

"그냥 막 먹으면 안 된다. 반찬 공격할 때 삼겹살 굽는 냄새를 맡고 입에 넣으란 말이다! 타이밍이 생명이니라!" 자린고비는 입에 적들을 우적우적 씹으며 계속 명령을 내렸다.

허공에 들어 올린 반찬들은 삼겹살 굽는 향기를 묻혀서 입속으로 골인했다. 반찬을 씹을 때마다 삼겹살 굽는 향기와 콜라보를 이뤄 새로운 맛이 탄생했다. 입속에서 후각과 미각은 어울림 한마당을 했다.

가족들은 말 한마디 없이 손과 입이 비지(busy)했다. 그들 입속은 전쟁터였다. 냄새가 온 집 안 구석구석 진동할 때 이 모든 작전을 끝내야 한다는 사명감에 충실했다.

전쟁은 10분 만에 끝났다. 하지만 삼겹살 향기의 추억은 여전히 뱃속과 집안 구석구석에서 배회했다. 이 추억이 오래가길 바랐다.

마지막으로 숭늉을 냄새와 함께 원샷 때리며 입가심했다.

"사람들이 아랫집에 생선이나 고기 굽는 냄새를 왜 싫어하는지 모르겠네. 난 도저히 이해가 안 가는구나. 이렇게 좋은 이웃이 또 어디 있다고 참! 다음 주엔 한우 구워 드시라고 슬쩍 얘기해 볼게. 이렇게 먹는 게 바로 진수성찬이지. 허허."

"맞아요, 아버지! 지난번엔 아랫집에 정말 실망했잖아요. 고기 냄새가 안 나고 무슨 참기름에 풀떼기 냄새가 나길래 봤더니 비빔밥이었잖아요. 나도 반찬 비벼서 먹었는데 역시 고기 냄새가 안 나니 밥맛이 영 없었어요. 비빔밥을 발로 비빈 줄 알았다니까요! 하하!"

장남이 고기를 먹은 환상에 이쑤시개로 이를 쑤셨다.

이렇듯 자린고비는 어려서부터 철저한 절약 정신이 몸에 밴 사람이었다.

교통비 아끼려고 걸어 다니는 것은 당연했다. 그러다 보니 운동화 뒷굽은 한쪽 방향으로 닳았고, 앞쪽은 주름이 져 위로 들렸으며, 운동화 끈 끝에 플라스틱은 너덜너덜 떨어지기 직전이었다. 몇 번 더 신으면 삼선 슬리퍼가 될지도 모를 운명이었다.

감기 정도는 절대 병원에 가질 않는다.

"어차피 감기는 약 먹으면 일주일, 안 먹으면 7일이면 낫는다. 거기서 거기니라."

머리는 셀프로 가위로 자른 다음 면도기로 빡빡 밀어 버렸다. 휴지 사는 일은 거의 없다. 주변에 약장수나 의료기기 체험장이라도 생기면 마누라와 함께 가서 선물로 얻어 왔다.

"김종국은 짭만으로도 날 이길 수 있지만 절약 정신에서는 나한텐 짭도 안 되지!"

많이 먹질 않으니 음식물 쓰레기도 잘 나오지 않았다. 고기 뼈다귀 쓰레기는 꿈도 못 꾼다. 일반쓰레기는 남이 내다 놓은 쓰레기봉투를 다시 열어 쑤셔 넣듯이 하며 봉툿값을 아꼈다.

휴대폰도 없었다.

"라떼는 말이야, 편지를 써서 서로 의사소통을 했지. 나름 느림의 미학이 있어서 좋았단 말이야. 근데 지금은 다들 스마트폰에 노예가 된 기분이거든. 잠시라도 손에 없으면 마음에 중풍이 걸린 듯 벌벌 떨고 있지."

취미는 폐지 줍기다. 매일 손수레를 끌고 다니며 동네 폐지를 닥치는 대로 쓸어 담았다. 한번은 주운 신문지 한 장이 바람에 날아가자 200미터를 쫓아가 다시 가져왔다. 날아가는 신문지가 자린고비에게는 지폐였다.

"옛날 자린고비에 비하면 난 아무것도 아냐. 조선시대 자린고비는 파리가 국에 다리를 담갔다 날아가자 노발대발했지. 바로 파리채를 들고 옆 동네까지 쫓아가 때려잡았다니깐!"

운동도 돈 주고 하는 걸 이해하지 못했다. 집에서 팔굽혀펴기, 스쿼트를 하고 티브이를 보면서는 악력기를 쥐었다 폈다 했다.

첫째 아들도 검소한 집안과 국제결혼을 시켰다.

"우리나라 결혼정보회사는 조건이 까다로워 안 된다. 돈만 많이 들지. 요즘 같은 세계화 시대에는 바로 국제결혼이 제격이지."

"국제결혼이요? 어디 베트남이나 필리핀, 조선족 데려오려고요? 거긴 우리가 돈을 주고 데려와야 되는데 지금 제정신이에요?" 마누라는 남편을 똑바로 쳐다보며 고개를 갸우뚱했다.

"그 무슨 에스파가 드라마 찍는 소리야? 돈 드는 건 절대 안 되지. 영국 유명 가문과 결혼시킬 것이오."

그래서 결혼시킨 가문이 바로 스크루지 영감 가문이었다.

결혼 후 따로 살면 생활비가 많이 든다고 분가(分家)를 허락하지 않았다. 처음부터 며느리한테 철저한 절약 교육을 시켰다.

한번은 첫째 스크루지 며느리가 밥을 차려 왔다.

"오늘은 밥상에 고기가 없는데도 고기 냄새가 나네?" 자린고비는 코를 킁킁거리며 냄새를 맡았다.

"아버님, 조금 전 옆집에서 불고기 냄새가 나길래 얼른 온몸과 손에 냄새를 묻혀 왔어요. 고기 냄새 맡으며 밥 먹으면 밥맛이 좋답니다. 저 잘했쪄? 아버님!" 며느리는 칭찬받을 생각에 입꼬리가 귀에 걸리다 못해 눈썹까지 걸렸다. 혀가 꼬인 발음으로 말도 잘했다.

"실망이구나. 며느리 네가 이 정도밖에 안 되다니 정말 실망이야." 자린고비는 고개를 저었다.

며느리 입꼬리가 다시 내려와 턱밑으로 걸렸다.

"고기 냄새를 묻힌 것에 끝내지 말고 비닐봉지에 냄새를 담아 왔어야지! 그리고 냄새 밴 손은 이 시래깃국 할 때 국에 넣었어야지! 그러면 더 진한 고기 맛을 느꼈을 텐데. 참으로 안타깝구나!" 자린고비는 국을 한 술 뜨며 못마땅해했다.

어느 날은 자린고비가 시장에서 굴비를 사 왔다. 가족들은 빛깔 나는 굴비를 한참 쳐다만 보았다. 기뻐하기보다는 혹시 모조품이 아닌가 의심부터 들었다. 마누라가 굴비 뱃살을 집게손가락으로 슬쩍 찔러 보았다.

음… 내 뱃살과 비슷한데!

"아, 왜 굴비한테 찝쩍거려. 진짜 맞다니깐!" 자린고비는 굴비를 식탁 위에 탁 올렸다.

설마 저걸 식탁 위 천장에 매달아 두고 밥 먹을 때마다…. 에이! 그건 아니겠지?

다들 아버지 눈치를 살폈다.

"걱정 마라. 난 조선시대처럼 치사하게 매달아 두고 밥 먹지 않는다. 알다시피 내가 통이 좀 크잖아." 자린고비는 가족들의 마음을 읽었는지 미리 안심시켰다.

그러곤 바로 가스불을 켜고 큼지막한 프라이팬을 올렸다. 식용유를 왔다 갔다 부으며 조심스럽게 둘렀다. 퍼런 가스불도 신이 나서 프라이팬을 달구자 식용유는 폴짝폴짝 뛰었다.

"이 애비가 직접 구울 것이다. 언제 내가 요리하는 거 봤느냐? 이 귀한 걸 가보로 영원히 남겨야 하느니라. 너희들은 빨리 스마트폰으로 동영상 촬영을 하거라."

자린고비는 굴비 다섯 마리를 하나씩 집어 가지런히 눕혔다.

가족들은 이번엔 진짜 먹는구나! 하며 다들 스마트폰으로 촬영했다. 아버지가 교통사고 나서 머리를 다치지 않고서야 어찌 이런 일이! 하며 열심히 찍었다.

자글자글! 허연 연기에 비린내가 묻어났다. 하지만 이 비린내도 오늘만큼은 대환영이었다. 조금 지나니 타는 냄새가 진해져 고소하기까지 했다. 삼겹살 굽는 냄새만큼이나 향기로웠다. 냄새는 동영상에 담을 수 없는 게 너무나 아쉬웠다. 굴비가 노릇노릇 화상 입는 모습에 가족들은 이미 목구멍으로 침이 수십 번 넘어갔다.

"굴비도 3도 화상으로 약간 태워야 제맛이지!" 자린고비는 흥분해서 침방울까지 튀었다.

그 침방울도 양념인 양 굴비와 익어 갔다.

"아차! 소금!"

자린고비는 뒤늦게 굵은소금 55개를 손목을 까딱거리며 투하했다. 조금 뒤 뒤집개로 하나씩 살짝 뒤집었다. 다섯 마리가 어느새 3cm 공중에서 한 바퀴씩 돌더니 멋지게 착지했다.

10점 만점에 10점!

가족들은 아버지의 유연한 손목 스냅에 오! 하며 촬영에 몰두했다. 앞뒤로 노릇노릇하게 태닝을 했다. 굴비 겉살에 박힌 굵은소금 몇 개가 혓바닥을 자극했다.

젓가락으로 굴비 속살을 살포시 떠서 밥 위에 얹어 입속으로 쏘옥! 생각만 해도 짭쪼름하고 고소한 맛에 입속은 아름다운 전쟁터였다. 드디어 앞뒤 태닝이 완성됐다!!

"다들 잘 찍었겠지? 그 영상을 절대 지워선 안 된다! 밥 먹을 때마다 틀어 놓고 먹어야 된다."

잉?

가족들은 스마트폰을 떨어트릴 뻔했다. 할 말을 잃은 채 서로를 쳐다만 봤다.

"다들 뭐 해? 밥상 차리지 않고!" 자린고비는 울상이 된 가족들 얼굴은 무시한 채 식탁에 앉았다.

가족들은 그럼 그렇지 하며 스마트폰을 내팽개치듯 식탁에 놓았다.

"시대도 변했는데 천장에 매달아 놓고 밥 먹는 시대는 지났지. 역시 우리나라 스마트폰 기술은 뛰어나단 말이야! 아주 잘 나왔어!" 자린고비는 딸이 찍은 동영상을 돌려 보며 흐뭇해했다.

가족들은 젓가락으로 밥그릇에 밥풀떼기만 끄적거렸다.

자린고비 눈알은 동영상에 고정한 채 밥을 한 숟가락 떠서 입안에 쑤욱 집어넣었다.

자글자글 익는 소리! 조금씩 그을려 타면서 나는 허연 연기! 노릇노릇하게 익은 색깔!

정말 밥맛을 자극하는 영상이었다.

"빨리 4D 스마트폰이 나와서 고소한 냄새까지 담아야 할 텐데." 자린고비는 여전히 동영상에서 눈을 떼지 못하고 국을 한 숟가락 떠서 입안에 집어넣었다. "자! 너희들도 빨리 동영상 틀어라. 굴비의 풍악을 울려 보자꾸나!"

조금 전 자글자글, 노릇노릇, 짭쪼름한 소금 맛이 모두 그림의 떡이었다는 생각에 가족들은 미칠 지경이었다.

"왜들 그리 다운돼 있느냐? 이 굴비의 유래를 말해 주겠다. 국사 시간에 이자겸의 난에 대해 배웠을 것이다. 자신의 딸들을 왕과 혼인시켜 그 백이 든든해서… 어쩌고저쩌고… 최강 파이터 측근 척준경과 함께 난을 일으키지… 어쩌고저쩌고… 오히려 전남 영광으로 유배를 당하지. 거기서 굴비 맛이 좋아 임금께 진상하면서 보낸 글이 굴비(屈非)였지. 비굴하게 용서를 빌지 않겠다는 의미였어. 어흠! 더 자세한 얘기는 네이버 검색해 봐라."

가족들은 들은 체 만 체 숟가락으로 국만 휘저었다.

"아버지, 그래도 저기 구운 굴비는 어쩔 수 없이 먹어야죠?" 장남이 고개를 들며 아버지와 강렬한 눈 맞춤을 시도했다.

가족들도 저거는 먹을 수 있겠다 하며 역시 뜨거운 눈 맞춤을 보냈다.

"그 무슨 굴비가 천장에 목 매달아 자살하는 소리냐? 저건 건너편 생선 전문 식당에 팔 것이니라. 어흠!" 자린고비는 김치를 날름 집어 입에 넣고는 동영상만 쳐다보았.

가족들 모두 속으로는 천불이 났지만 비위를 맞출 수밖에 없었다. 특히, 자식들은 나중에 재산을 상속받기 위해서는 참고 또 참아야 했다.

어느 날은 마누라가 이웃집에서 요구르트를 한 묶음 얻어 왔다. 마누라가 뜯어서 하나를 먹으려 하자 자린고비는 냉큼 뺏어 버렸다. 서랍을 열고 뭔가를 꺼냈다. 바늘이었다. 바늘로 뚜껑을 톡 찔렀다.

"이렇게 바늘로 뚫어서 쪽쪽 빨아 먹어야 더 오래 먹을 수 있지."

자린고비는 직접 시범을 보였다. 목젖을 미끄럼틀 삼아 요구르트가 침과 함께 꼴까닥 넘어갔다.

"어이구! 차라리 이거 다시 팔아서 돈으로 바꾸는 게 더 아끼겠네요!"

"빙고! 그런 좋은 방법이 있다니!"

2

한편 이런 자린고비 영감의 소식을 듣고 유튜버 정의사회는 취재를 하러 갔다. 정의사회는 유튜브를 시작한 지 얼마 되지 않아 생방송엔 자신이 없었다. 그래서 편집을 해서 재밌게 만들어 녹화 방송으로 했다. 하지만 조회 수가 그리 많지 않아 구독자 수가 적었다. 먹고살기 위해 큰 이슈가 필요했다.

"나 같은 사람 취재하지 말고 더 좋은 사람 취재나 해!" 자린고비는 단칼에 거절했다.

정의사회는 포기하지 않고 몰래 뒤를 밟아 찍었다. 며칠 뒤 유튜브에 방송에 내보냈다. 허락 없이 방송이 되자 자린고비는 엄청 호통을 쳤다.

"이런 식으로 개인 사생활 침해하지 마! 얍삽한 방법으로 돈 벌려고 하지 말고 정직한 방법으로 하란 말이다!"

구두쇠 영감쟁이! 뜨게 해 줄라 했더니만. 어디 두고 보자!

정의사회는 좋은 이슈가 없나 하며 이리저리 돌아다녔다. 그러다 어느 유튜버의 영상을 보고 힌트를 얻었다.

현재 최정상 인기 연예인 나떴다 씨 영상이었다. 이 영상으로 나떴다 씨는 인기가 먼지가 되어 버렸다.

지나가는 할머니의 짐을 들어 달라고 하는 걸 매몰차게 거절하는 모습이 찍혔다. 그 짤이 인터넷에 떠돌며 네티즌 손가락을 바쁘게 했다. 조회 수가 껑충 뛰었다.

역시 SNS에서는 댓글 잔치가 벌어졌다.

- 흥! 인간성이 드러났다!
- 딱 걸렸어! 학창 시절에 떠도는 말이 사실이었어.
- 전화 받는 척하며 거절하는 모습이 가관이네. 아주 고개까지 돌려 버렸어.
  ⋮

나떴다 씨는 해명했다. 그 당시 생방송에 늦어 담당자와 통화한다고 할머니를 챙기지 못했다고 했다. 통화 중에 할머니가 뭐라 말하기에 통화 소리가 안 들려 잠깐 고개를 돌린 게 캡처되었다고 했다.

역시 댓글들이 달렸다.

- 그럼 5년 전에 비슷한 일이 있었는데 그때도 생방송이었냐? 말해 봐.

네티즌 수사대는 5년 전 무명이었을 때 사진을 내보냈다. 어떤 할머니가 넘어져 일어서질 못하자 도와주지 않고 그냥 지나치는 장면이었다.

- 거 봐. 생방송 아니었어도 저놈은 할머니 도움 무시했을 거야.
- 평상시 잘해야 되는 거야. 할머니의 애절한 얼굴이 안 보이냐?
- 연예인 되기 전에 도덕 좀 다시 배워라.

또 해명했다. 그땐 정말 할머니께 죄송하다고 했다. 이미 할머니를 도와주는 일반 시민이 있어서 그냥 지나쳤다고 했다.

- 저땐 무명이었으니까 별 타격이 없다고 생각했겠지. 이번은 아니야.
- 그냥 빤히 쳐다보고 가는 모습 참 어이없다. 당신 인기는 여기까지!
- 괴짜 발명가가 생각나네. 한 사람 보내 버리기 참 쉽죠잉!

언론에서는 네티즌들의 손가락질 폭격을 비판했지만 악플은 계속되었다.
역시 인생은 한 방이야!
정의사회는 그래 이거야 하면서 연예인들을 쫓아다니기 시작했다.
그러다 큰 걸 한 건 했다.
무명 연예인의 선행을 우연히 동영상에 찍은 것이다.
길 가던 할머니가 쓰러지자 누군가 바로 업고는 근처 병원으로 가는 모습이 정의사회의 카메라에 찍혔다. 정의사회는 선행을 널리 알리기 위해 SNS에 퍼뜨렸다. 누군지 인터뷰하려고 쫓아갔지만 뒤로 몇 번 돌아보다가 도둑놈처럼 내빼는 장면이었다.

정의사회는 추적 끝에 무명 연예인 김진욱이라고 밝혔다.

이 동영상으로 김진욱은 한 방에 유명인사가 되었다.

얼마 후 김진욱은 정의사회를 만났다.

"이러다 다밝혀 꼴 나는 거 아냐?" 김진욱은 마음이 무거웠다.

"우리 둘과 그 할머니 연기자만 입 다물면 아무 일 없을 거야." 정의사회는 표정 하나 변하지 않고 미소를 지었다.

"괜찮을까? 요즘 워낙 정보 유출이 잘되는 세상이니 이런 짓도 금방 탄로 날 수 있어. 한 번으로 끝내야겠어. 양심상 못 하겠어."

정의사회도 사실 불안하긴 마찬가지였다. 구독자 수 욕심에 일을 벌인 것이 화근이었다. 꼬리가 길면 잡힐 것 같아 일단 보류하기로 했다.

그러다 진짜 큰 건수가 생겼다. 이번엔 조작이 아니었다.

유튜버 정의사회입니다.
드디어 제가 얼굴 없는 천사를 알아냈습니다.
매년 연말 주민자치센터에 30년째 현금 다발 천만 원을 몰래 두고 가는 천사를 찾았습니다. 며칠 전 잠복근무 끝에 알아냈습니다. 그뿐만 아니라 이 천사는 얼마 전에 부모 없는 남매를 후원해 주기로 했답니다. 누군지 밝히고 싶지만 천사님의 간곡한 요청으로 모자이크 처리와 음성변조로 인터뷰만 내보내기로 했습니다. 구독자 여러분의 양해 바랍니다.

이게 유튜브로 먼저 방송되자 바로 방송국에서 앞다퉈 이슈화했다. 30년 전 이 천사의 영향으로 다른 지역에서도 얼굴 없는 천사 기부 릴레이가 시작됐기 때문이다.

> 제가 어렸을 적 힘들게 살아서 가난한 사람의 삶을 누구보다 잘 알기에 이렇게 기부를 하게 되었습니다. 그리고 얼마 전 불쌍한 남매의 사정을 알고는 좋은 부모가 나타날 때까지 후원하기로 했습니다. 들키지 않으려고 했는데….

국민들은 정의사회한테 천사를 공개하라고 압박을 넘어 협박을 하는 수준이었다. 이런 사람은 널리 알려서 상을 줘야 한다고 했다. 진정한 영웅으로 치켜세웠다. 하지만 정의사회는 약속을 한 게 있어서 절대 공개할 수 없다고 했다.

한편 훈훈한 소식을 접한 산골 청년도 큰 결심을 했다. 자신도 기부 릴레이에 동참하기로 했다. 다음 날 바로 손 편지를 써서 주민자치센터를 찾아 자신의 선물을 전달하고 왔다.

> 저는 넉넉지 못한 가정에서 힘들게 살았습니다. 그래서 산골마을에서 자연인처럼 세상을 등지고 살아왔습니다. 그러다 우연히 금도끼와 은도끼를 얻게 되었습니다. 집 안에 걸어 두고 가보처럼 흐뭇하게 보며 지냈습니다. 하지만 천사들의 소식을 들으니 나만 혼자 편하게 사는 세상은 별 의미가 없음을 깨달았습니다. 이 도끼들을 처분해서 그 돈으로 불우이웃을 돕고 싶습니다. 집에 걸어 두며 혼자 즐거워하는 것보다 좋은 곳에 쓰여 모두가 즐거워하는 모습을 보고 싶습니다. 감사합니다.

뉴스 앵커가 멘트를 했다.

> 천사들이 점점 늘어나고 있습니다. 몇 년 전 코로나가 유행했고, 지금은 독감이 유행하고 있지만 천사들의 기부 행렬이 더 전염되어 이제는 선행이 유행되었으면 좋겠습니다.
> 편안한 밤 되십시오.

자린고비는 티브이를 보며 악력기를 걸레 짜듯 꽉 쥐었다. 뉴스 앵커의 멘트가 거슬렸다.

"어흠!! 뭔 자랑이라고 저런 사람들을 언론에 내보내지. 그냥 냅두면 될 것을, 어흠!! 하여튼 유튜버나 언론이 문제라니까!!" 자린고비는 고개를 돌려 버렸다.

옆에 있던 마누라는 남편을 슬쩍 흘겨보고는 "당신 같은 사람 좀 보라고 내보내는 거예요! 저렇게 기부는 못 하더라도 가족한테 돈 좀 쓰세요. 도대체 명품이 어찌 생겼는지 구경 좀 하고 싶어요. 저한테 돈 좀 쓰세요. 동창회 나갈 때 화장도 제대로 못 해 봤다고요!" 하며 원망만 가득한 눈빛을 보냈다.

"당신은 화장 안 해도 미스코리아야." 자린고비는 마누라를 달래려 슬쩍 끌어안으려 했다.

퍽!

이미 마누라 옆차기가 자린고비 배를 강타했다.

3

그러다 자린고비 영감은 노환이 들어 드러눕게 되었다. 병원에서는 얼마 남지 않았다고 했다. 입원비도 아까워 집에서 남은 인생을 마무리하기로 했다.

 드디어 자식들은 본색을 드러냈다. 이때까지 아버지 때문에 얼마나 힘들게 살았는지 기가 찰 정도였다. 돌아가시기 전에 재산분배를 받아서 이젠 좀 편히 살고 싶었다.

 이런 속마음을 자린고비 영감은 다 알고 있었다.

 자린고비는 자식들을 불러 놓고 말했다.

 "여기 자필로 쓴 유언장이다. 유언장을 우리 세대 스테디셀러 모나미 0.7 볼펜으로 쓰려다 마지막 나의 글이니 특별히 거금을 투자해 봤다. 아주 비싼 네임펜으로 써 봤으니 장남이 읽어 보거라."

 장남은 덥석 받아 들었다. 차남과 막내딸은 속으로 미소를 머금은 채 장남이 읽기만을 기다렸다.

 그런데 장남의 눈동자가 강도 7의 지진이 일어난 것처럼 흔들리는 것이 아닌가?

 눈동자뿐만이 아니었다. 입술을 파르르 떨고, 목젖에는 침이 꼴딱 넘어갔으며, 유언장을 쥔 손은 수전증에 걸린 양 떨었다. 이러다 아버지보다 먼저 저승사자와 급만남 직전이었다.

 "저… 형님! 아직 한글을 못 깨치신 건 아니죠?" 보다 못한 차남이 물었다.

 "어서 읽어 보거라!" 자린고비 영감은 마지막 힘을 내어 재촉했다.

 장남이 읽었다.

 "내가 사망하면 장남은 천만 원, 차남은 오백만 원, 막내딸은 삼백만 원 가져간다. 끝."

 딱 한 문장이었다.

 차남과 막내딸 눈동자는 강도 7 플러스 쓰나미였다. 왜 우리나라가 지진 안전지대가 아닌지 알 수 있었다.

"아버지, '0' 자를 몇 개씩 빼먹은 건 아닌지요? 3억이나 30억이 겠지요. 돌아가시기 전까지 이런 개그를 하시다니요!" 장남은 인상이 찌그러질 대로 찌그러졌다.

나머지 자식들도 마찬가지였다.

"네 이놈들! 그동안 나 때문에 너희들이 절약 정신이 몸에 배지 않았느냐? 이런 정신으로 살았으니 너희들이 지금도 부족함이 없이 잘살고 있는 것이다. 앞으로 이런 식으로 살면 재산은 얼마든지 너희 스스로 더 모을 수 있느니라. 너희 노력으로 재산 모을 생각을 해야지, 감히 내 덕을 보려고 하느냐?" 다 죽어 가는 아버지의 마지막 호통이자 유언이었다.

"그래도 너무하십니다. 그동안 아버지 비위 맞춘다고 돈 한번 시원하게 써 본 적 없습니다. 그 돈 죽어서 가져갈 것도 아닌데 어디 쓰려고 하세요? 빨리 내놓으세요!" 차남은 주먹을 불끈 쥐어 방바닥을 꾹 눌렀다.

"우리 꼴을 보세요, 아버지! 아직도 이런 허접한 옷을 입고 있잖아요? 명품 하나 사 본 적 없다고요!" 막내딸도 참다못해 한마디 했다.

"그놈의 명품! 명품! 명품 좋아하네. 사람이 명품이 되어야지!" 자린고비는 숨이 넘어갈 듯 말했다.

그리고 잠시 침묵이 흘렀다.

눈물이 흘렀다. 누워 있는 아버지 눈에서 눈물이 흘러 옆 귀밑머리를 타고 이불을 적셨다.

가족들은 서로를 쳐다보며 눈만 멀뚱멀뚱했다.

"사실 나는… 고아원 출신이다." 자린고비가 힘겹게 입을 열었다.

자린고비 영감은 누운 채로 코를 훌쩍거리며 옛날 일이 생각난 듯 서러움의 눈물을 쏟아 냈다.

"어렸을 적 너무 힘들게 살아서 돈을 함부로 쓸 수 없었거든. 네 살 때 아버지가 돌아가셨지. 난 얼굴도 기억 안 나는 아버지였어. 어머니도 날 키운다고 고생 많으셨지. 남의 집 식모살이하면서 힘들게 살았어. 그런데 어머니마저 폐렴에 걸려 시한부 인생인 데다 날 키울 능력이 없었어. 어쩔 수 없이 보육원에 날 보냈지. 설상가상 내가 보육원 생활을 하는 동안 어머닌 돌아가셨어. 진짜 고아가 된 거지. 20살이 되면 보육원에서 나가 혼자 살아야 하거든. 앞길이 막막했지. 보육원 원장님께서 나가기 전날 조언을 하더군. 아무리 힘들게 살아도 남한테 나쁜 짓을 하거나 폐를 끼쳐선 안 된다고. 살면서 돈은 개같이 벌어서 정승같이 쓰라고." 자린고비가 살며시 눈을 감은 다음 눈꺼풀에 힘을 주자 눈가 주름살이 더욱 깊어졌다. 곧바로 눈물방울을 쥐어짠 듯 또 흘러내렸다.

가족들은 누워 있는 아버지가 처음으로 처량하게 느껴졌다.

"그리고 우리 보육원도 누군가의 도움을 많이 받아 운영해 왔대. 그런 사람들한테 항상 고마워하며 살라고 하더군. 콜록콜록."

자린고비는 침을 한 번 힘들게 삼켰다.

"난 깊이 새겨들었지. 그때부터 자립해서 열심히 벌었지. 정승같이 쓰는 건 잘 모르겠고 일단 개같이 벌었던 건 맞아. 온갖 힘든 일 다 해 봤거든. 돈 많이 벌어서 하고 싶은 거 다 해 보고 싶었어. 그런데 말이야, 막상 돈 많이 벌었는데 못 쓰겠더군. 습관이 참 무서워. 그러다 여기까지 와 버렸어. 그래도 원장님 말씀대로 아무리 힘들어도 남한테 나쁜 짓 하거나 폐를 끼친 적이 없어. 단지 남들이 내가 구두쇠라고 손가락질할 뿐, 난 그들에게 나쁜 짓 한 적 없거든. 콜록콜록. 어억!"

그리고 눈을 감으셨다.

"아버지! 아버지! 아이고 아버지! 이렇게 돌아가시면 어쩌란 말입니까? 나머지 재산은 어디 있냐고요? 개같이 번 돈 어디 있냐는 말입니다!!" 장남이 흔들어 깨우듯이 외쳤다.

"그러니까 이놈들아, 지금 무서운 습관처럼 그냥 살면 되느니라. 어차피 내 재산이 원래 너희 것도 아니었잖느냐. 그러니 가지지 못한다고 해서 손해 볼 것도 없지 않느냐? 너희 건 너희가 벌어서 살거라. 나머지 재산은 벌써 다 써 버렸다. 그러니 미련을 버리거… 으억!" 꼴까닥이었다.

못다 한 이야기

티브이에는 크리스마스니 연말이니 하며 사람들의 바쁜 모습만 비췄다.
자린고비는 역시 못마땅해했다.
"저럴 시간에 돈이나 한 푼 더 벌지. 흥!"
티브이를 끄고 자린고비는 나갈 채비를 했다.
활동성 좋은 추리닝을 꺼내 입었다. 겉에는 두꺼운 외투를 걸쳤다. 챙이 긴 중절모자도 썼다. 쓰지 않던 검고 두꺼운 뿔테 안경도 썼다. 마스크는 당연히 했다. 신발은 구두가 아닌 운동화였다. 삼선 슬리퍼 운동화가 아닌 새 운동화였다.

완벽한 변장이다.

"구두쇠라 워낙 소문이 나서 얼굴을 알아볼까 봐 또 변장하시네!"

마누라는 남편을 아래위로 못마땅하게 훑어 내렸다.

자린고비는 마누라 표정을 알아차리고는 핑계를 댔다.

"아, 그게 아니고… 모자는 예쁜 내 얼굴 햇볕에 타지 말라고 쓴 거고, 뿔테 안경은 내가 안구건조증이 있어서 바람이 눈에 들어가지 말라고 쓰지. 마스크는 감기 걸리면 안 되잖아."

"아휴, 핑계가 좋지!"

자린고비는 마치 007 작전을 하듯 몰래 마을을 빠져나갔다. 어깨에는 실밥이 해진 시커먼 가방을 둘러멨다. 옷차림과 달리 시커먼 가방엔 때가 묻어 더욱 허름했다. 가방을 멘 뒷모습은 모든 돈을 가방에 쓸어 담을 폼이었다. 집 근처에서 작전을 벌이는 건 위험하니 버스를 타고 다른 동네로 갔다. 고향이었다.

역시 그곳은 사람이 많이 들락거렸다. 2층 건물이었다. 눈치를 살폈다. 요즘엔 웬만한 곳에는 카메라가 있어서 이 짓거리도 갈수록 힘들었다. 작전 후 냅다 뛰어야 되는데 해가 갈수록 달리기가 느려졌다. 그래서 새 운동화를 큰맘 먹고 구입했다. 겨울이라 오후 5시도 안 돼 해는 금방 져서 어두컴컴해서 좋았다.

그곳을 한번 쓱 둘러보고는 사람이 많이 지나가지 않는 곳을 찾았다. 다행히 저쪽 모퉁이에 한 사람만 보였다. 회색 군밤모자를 꽉 눌러쓰고 마스크를 한 사람이 전화를 하고 있었다. 자린고비는 건물을 돌아 안쪽으로 들어갔다. 카메라가 없는 곳을 찾았다. 예전처럼 뒤편 화단에 나무가 있는 곳은 사람도 없고 카메라도 없었다. 화단 옆 선팅이 된 창문을 바라보았다. 안이 보이지 않아도 사람들이 바쁘게 움직이는 모습이 상상이 갔다. 한 번 더 둘러보았다. 아무도 없었다.

이런 일을 할 때마다 심장은 스트레이트로 폭행당한 듯 두근거렸다.

자린고비는 얼른 작전을 실행하고 아무렇지도 않은 척 뒤돌아서 나왔다. 약간 빠른 걸음으로 도로가로 향했다. 혹시나 뒤로 슬쩍 돌아보았다.

음, 조금 전 군밤모자?

얼핏 봤던 터라 긴가민가했다. 뒤통수가 따가웠다. 도로가에 주차된 레이 차량 뒤창을 힐끗 보았다. 계속 군밤모자가 뒤에서 따라왔다.

여기서 들키면 이 무슨 망신인가?

못 본 척 계속 걸었다. 횡단보도 앞에 섰다. 여러 사람들이 신호등 양쪽에 파란불을 기다리며 서 있었다. 반대편 신호등 뒤쪽으로 낮은 산이 눈에 들어왔다. 어렸을 적 자주 가던 산이었다. 저 산으로 도망쳐서 따돌릴 작정이었다. 도로 너비는 10미터 정도. 뛰어서 3초면 충분히 건널 수 있다.

파란불로 바뀌었다. 사람들이 양쪽에서 걸어 나와 서로 교차해서 지나쳤다. 자린고비는 건너지 않았다. 신호가 깜빡이길 기다렸다.

군밤모자는 10여 미터 떨어져 시린 발을 꼼지락거렸다.

저 할배가 왜 안 건너지?

10초, 9초, 신호가 깜빡이면서 빨리 건너라고 재촉했다.

자린고비는 고개를 숙여 꽉 조여진 운동화 끈을 한 번 더 확인했다.

5초, 4초, 3초! 급출발했다. 죽어라 뛰었다. 군밤모자도 움찔하며 뒤따라 뛰었다. 자린고비가 다 건너자 신호는 빨간불로 바뀌었다. 군밤모자는 횡단보도를 두어 발자국 내딛고는 빠앙! 하는 경적 소리에 멈췄다. 저쪽 빨간불은 더욱 진해 보였다. 뒤로 걸음을 물렸다. 눈앞에 고급 외제차가 창문을 열고 씩씩거리며 지나갔다. 바로 뒤로 배달 오토바이가 옷깃을 스치듯 앞만 보고 휑 지나갔다.

약 2분 후면 신호가 또 바뀌니 자린고비는 산으로 뛰었다.

최대한 나무가 많은 산속으로 뛰었다. 오르막길이라 헉헉거렸다.

다다다다!

그때 뒤에서 뛰어오는 발자국 소리가 났다.

군밤모자가 벌써?

재빨리 뒤돌아보았다. 어두워서 그런지 아무도 보이지 않았다.

다다다다!

뒤가 아니고 왼쪽 길에서 나는 소리였다. 어둠 속에 거무스름한 게 다가왔다. 사람이었다. 그 사람은 자린고비를 보자 화들짝 놀라며 그 자리에 섰다.

자린고비는 군밤모자가 아니라 일단 안심했다. 자린고비의 눈길은 그 사람 품속의 검은 감투로 향했다.

"이 길로 가면 차 탈 수 있는 곳이 나오나요?" 윤민천은 감투를 감싼 채 물었다.

"아, 네. 이 길 따라 내려가면 됩니다." 자린고비는 감투와 윤민천을 번갈아 살펴봤다.

"감사합니다." 윤민천은 자신을 알아볼까 봐 고개를 숙이며 얼른 지나갔다.

"잠깐!" 자린고비는 뭔가 알아챘는지 불러 세웠다.

윤민천은 못 들은 척 그냥 뛰어가려다 멈췄다.

"혹시, 내려가다가 군밤모자 쓴 사람 보면 날 못 봤다 해 주시오."
자린고비는 그냥 뒤통수에 대고 부탁했다.
"아. 네에." 윤민천은 그제야 돌아서며 고개를 숙였다.
그리고 냅다 뛰어 내려갔다.

잠시 뒤 군밤모자를 따돌린 것 같았지만 바로 다시 가는 건 위험했다. 좀 더 시간을 보낼 필요가 있었다. 자린고비는 산을 넘어 이웃 마을로 갔다. 이 마을에서 잠깐 있다가 다시 가기로 했다. 숨을 고르고 마을 한 바퀴를 돌 작정이었다. 가는 도중 길거리에 빈 종이박스 하나가 바람에 뒹굴었다.
저거 다 돈인데, 사람들도 참!
습관 때문에 종이박스를 바로 주웠다. 발로 짓눌러 납작하게 만들었다. 그때 저쪽 2층 건물 옥상에서 꼬마 아이가 다급하게 외쳤다.
"살려 주세요! 탈출한 호랑이가 있어요!!"
그러다 아이는 옥상에서 곧바로 사라졌다.
탈출한 호랑이? 그놈이 이 동네까지 왔구나!
자린고비는 휴대폰이 없는지라 동네 파출소로 뛰었다. 그리고 잠시 뒤 경찰차를 함께 타고 아이 집에 도착했다. 경찰들이 총을 꺼내 들고는 방앗간으로 뛰어갔다.
탕! 탕!
두 발의 거친 총소리가 울렸다.
자린고비도 뒤따라갔다. 눈앞에 펼쳐진 모습이 아찔했다.
아이는 폐지를 들고 있는 자린고비를 보더니 왠지 미안한 표정을 지었다. 그동안 상황 설명을 들은 자린고비는 남매를 물끄러미 쳐다만 보았다. 불쌍했다.

"그럼 난 바빠서 이만." 자린고비는 바쁜 척하며 뒤돌아 뛰어가 버렸다.

"어르신! 성함이라도 가르쳐 주고 가세요. 용감한 시민상 받으셔야죠?" 경찰이 급히 가는 자린고비에게 소리쳤다.

"난 그런 거 필요 없소! 애들이나 잘 돌봐 주세요."

자린고비는 다시 산 쪽으로 올라갔다. 산 정상 바위 뒤에 잠시 앉아서 쉬었다. 차가운 밤공기만 내려앉았다. 자린고비는 엉덩이를 툭툭 털고 일어나 다시 도로로 향했다. 밤이지만 앞쪽에 떠 있는 보름달 빛이 도와주었다.

오랜만에 산에 올라갔다 오니 온몸에 땀이 찼다. 중절모자와 뿔테 안경을 벗고 마스크도 벗었다. 숨을 깊게 들이쉰 다음 다시 내뱉었다. 빡빡머리 위로 땀이 솟아올랐고, 코와 입에서 허연 김이 흩어져 어둠 속에 곧 파묻혔다.

저기 도로가에 차들이 지나갔다. 차들의 불빛과 앞쪽의 보름달 빛이 어우러져 자린고비의 형체를 비추었다. 가끔 트럭 경적 소리는 산까지 울렸다.

하지만 이 모습을 뒤에서 누군가 지켜보고 있었다. 손엔 셀카봉을 든 채 동영상을 찍고 있었다. 셀카봉이 점점 다가오며 자린고비 뒤 그림자를 몰래 밟았다.

"심봤다!! 드디어 내가 잡았어! 다시 올 줄 알았지! 땡큐베리망치!"

10톤 트럭 경적 소리처럼 울린 그 외침은 어둠속을 하얗게 갈라 놓았다.

자린고비는 다리가 움찔하며 내리막길에서 자빠질 뻔했다. 뒤를 돌아보려다 아차! 싶어 재빨리 중절모자와 뿔테 안경, 마스크를 다시 썼다. 누가 보면 손이 열 개 움직인 줄 착각할 것 같았다. 그리고는 돌아섰다. 달빛에 비친 놈의 형체가 어렴풋이 드러났다. 식었던 땀이 다시 데워졌다.

아까 그 군밤모자!

심장이 다시 스트레이트로 폭행당했다.

군밤모자는 자린고비의 전체 비율이 잘 나오도록 셀카봉을 조절했다.

"잠복근무한 보람이 있었어. 그나저나 형사들은 이 짓거리를 어떻게 하는지 몰라. 정말 존경스러워. 산기슭에서 추워 죽는 줄 알았네!"

군밤모자는 답답했는지 마스크를 살짝 내렸다. 허옇게 튼 입술이 드러났다.

군밤모자는 셀카봉을 자린고비 얼굴 가까이 갖다 댔다. 휴대폰 불빛에 변장한 얼굴이 엷게 드러났다. 동시에 군밤모자 얼굴도 달빛에 더욱 뚜렷해졌다.

"윽!! 너… 넌, 그때 그놈!" 어쩐지 조금 전 심봤다 목소리가 익숙했나 싶었다.

"윽!! 구두쇠 영감쟁이?? 이럴 수가!!" 군밤모자도 할아버지 목소리가 익숙했다.

변장했지만 뿔테 안경 뒤에 눈빛도 익숙했다. 그때 증오하던 뜨거운 그 눈빛이었다. 정의사회는 셀카봉을 바짝 갖다 대고 얼굴을 또 확인했다.

둘 다 놀라 자빠질 뻔했다.

정의사회는 천사가 자린고비일 줄은 전혀 생각지도 못했다. 셀카봉을 든 손이 조금 떨렸다. 하지만 다시 꽉 잡았다. 이젠 뜨거운 눈빛을 피하지 않았다. 오히려 반사시켰다.

"오! 이런! 진짜 심봤다, 야! 해외 토픽감인데요! 땡큐베리망치몽키스패너펜치드라이버! 이런 반전 좋았어요. 할아버지 덕분에 나는 완전 스타 유튜버 되겠는데요. 역시 인생은 한 방이야!! 하하!!" 정의사회는 폰 화면에 자린고비의 얼굴을 꽉 차도록 담았다.

그러자 자린고비는 폰을 툭 쳐 버렸다.

"쉿!" 하고 그놈 입을 틀어막았다. 그리고 멱살을 잡았다.

악력기 운동한 보람이 있었다.

"내 말 잘 들어! 부탁이다. 이렇게 내보내면 내년부턴 이 좋은 일을 하지 못해! 그럼 불우이웃을 돕지 못한단 말이야!! 바봉 멍충아! 진정 그런 걸 바라는 거냐?" 목소리 톤과 멱살은 협박 반 부탁 반이었다.

하지만 정의사회는 자기가 완전 스타가 된다는 생각에 자린고비 말은 귀에 들어오지 않았다. 갑과 을이 바뀌었는데 이 기회를 놓칠 수가 없었다.

"잘 생각해 봐, 젊은이. 당신이 한 번이라도 남을 위해 방송한 적 있어? 언제나 당신 방송 조회 수나 올리려고 했잖아? 그것도 비열한 방법을 많이 썼을걸. 제발 내보내지 마. 내보내면 난 더 이상 좋은 일 할 수 없어. 이건 전국에 있는 천사에 대한 모독이야. 내가 30년 전 시발점이 되어 또 다른 천사가 나타난 것에 아주 자랑스럽게 살아왔어. 그 전통을 지킬 수 있게 도와줘." 어느새 협박 반의 목소리는 사라지고 제발!이라는 목소리로 바뀌었다. 자린고비 눈엔 간절함이 떠다녔다. 여전히 멱살은 꽉 잡고 있었다.

정의사회는 70대 할아버지의 간절한 눈을 보고야 말았다. 눈빛은 더 이상 증오의 눈빛이 아니었다. 부탁이라는 단어가 새겨졌다.

"대신 모자이크 처리와 음성변조는 협조할게. 그러면 자원봉사할

곳을 소개해 주고 방송도 하게 해 줄게. 물론 후원금도 줄게. 어때? 방송도 하고 인기도 얻고 합법적으로 후원금도 받고 일석 몇 조야? 내 좌우명이 눈에는 눈, 이에는 이. 반드시 받은 만큼 되갚아 주는 거거든. 나도 보육원에서 이름 모를 천사한테 도움을 받아서 지금 내가 여기 있는 거야. 그걸 똑같이 되갚고 싶어." 자린고비는 멱살 쥔 손을 약간 풀고는 정의사회 눈을 쳐다보았다.

정의사회는 자린고비 눈빛 속에 자신의 유튜버로서 짧은 인생이 스쳐 갔다.

김진욱의 얼굴이 순간 뇌를 때렸다. 비겁하게 살아왔다. 한 방의 인생만 노렸다.

정의사회는 더 이상 자린고비의 눈을 똑바로 쳐다보지 못했다. 이번엔 자린고비의 진실한 눈빛에 또 눈을 피했다. 눈길을 밑으로 깔았다. 자린고비의 운동화가 보름달 빛에 비쳤다. 흰 운동화엔 진흙과 갈색 솔잎이 덕지덕지 묻어 버려 낡은 운동화처럼 초라했다.

"그냥 인생 한 방은 없는 거다. 인생을 진실되게 살다 보면 저절로 찾아오는 거지. 다밝혀처럼 되면 안 되잖아. 젊은이, 당신 닉네임에 맞게 살아 줬으면 좋겠어." 자린고비는 멱살 잡은 손에서 힘을 뺐다.

정의사회는 양심이 들키고 말았다. 심장박동은 휘모리장단에 비트박스까지 짬뽕이었다. 엇박자로 춤추는 심장은 부끄러워 피부를 뚫고 나올 듯했다. 아니, 직접 심장을 끄집어내 어두운 풀숲으로 내던지고 싶었다.

정의사회는 폰을 거두고 카메라를 껐다. 떨리는 눈빛으로 자린고비를 쳐다보았다.

"방금… 했던 말, 그 약속 지켜 주실 거죠? 지켜 주신다면 할아버지와 좋은 일을 같이 할게요. 전국에 천사를 함께 지킬게요."

자린고비는 그제야 정의사회의 옷매무새를 만져 주었다.

"힘든 결정 고맙다. 조만간 호랑이한테 엄마 잃은 남매도 후원할 생각이야. 마지막으로 내가 언젠가 죽게 되면 나 대신 가족한테 이 사실을 알려 주면 된다."

마지막 못다 한 이야기

자린고비 영감 장례식이 열렸다. 시에서 주최하는 특별 장례식으로 치러졌다.

"오늘은 슬픈 날이면서 또한 희망이 보인 날입니다. 여기 시에 훌륭한 일을 하신 분들을 특별히 모셨습니다. 시장으로서 정말 자랑스럽습니다. 금도끼와 은도끼를 기부한 꽁지머리 님, 호랑이에 맞선 우리 어린 남매와 사냥꾼, 그리고 어린 남매의 부모가 되어 준 콩쥐 부부, 호랑이를 물리친 경찰, 마지막으로 며칠 전 돌아가신 자린고비 님 모두 다 숨은 영웅들입니다. 이런 좋은 일들이 널리 알려져 아름다운 사회가 되었으면 합니다…"

연설이 끝나고 자린고비 영정 앞에 하객들이 국화를 헌화했다. 꽁지머리, 어린 남매와 콩쥐 부부, 사냥꾼, 경찰은 국화를 영정사진 앞에 놓으며 고개를 숙였다.

마지막으로 정장 입은 신사가 고개를 숙였다. 헤어스타일과 정장 입은 모습이 어색했다. 머리를 검정색으로 염색한 산신령 할아버지였다.

뒤에서는 유튜버가 생방송으로 촬영하고 있었다.
"이런 영웅들이라면 얼마든지 이 정의사회가 폭로해도 좋은 일이지." 정의사회는 자신의 닉네임이 정말 자랑스러웠다.
그 뒤에 양복 입은 신사 몇 분과 검은 드레스를 입은 여자 몇 분도 계셨다. 연령대도 다양했다. 그들은 서로를 모른 채 장례식에 참석했다. 그리고 속으로 흐뭇하게 웃었다.
모두 다 얼굴 없는 천사 즉, 숨은 영웅들이었다.